MYRSLÅTTER

OLLE BERGH

Myrslåtter

En historisk roman om ett brott och en familjehemlighet

Sättning och form: Anders Björkelid
Omslag: Ylva Granström-Bergh
Förlag: BoD · Books on Demand, Östermalmstorg 1, 114 42
Stockholm, Sverige, bod@bod.se
Tryck: Libri Plureos GmbH, Friedensallee 273, 22763
Hamburg, Tyskland

ISBN: 978-91-8080-888-0

Prolog

MEDVETANDET TRÄNGDE SIG på, ett lapptäcke av den verklighet som kroppen inte längre kunde fly ifrån. Det egna besinningslösa skriket hördes långt borta på något vis. Kunde man vara galen och samtidigt tänka klart?

Den påträngande doften av pors förstärkte plågan som kom av de tusentals små knotten som sedan länge ätit av hans skinn. Ögonen var mest utsatta. Han kunde inte längre se. Hans nakenhet skapade en känsla av sårbarhet som underströks av att armarna var fästa uppåt så att hela hans tyngd vilade på de bundna handlederna. Svedan från knotten var absolut och outhärdlig. Han skrek ihållande. Hur hade han kunnat hamna i det här?

Insikten drabbade honom med full kraft och trängde för ett kort ögonblick undan den brännande smärtan.

Kapitel 1

Försommaren 1963
Lasses studentfirande

PÅ MATSOLSGÅRDEN I byn Hagen i Dala-Floda var det dukat till fest. Hela gården lyste av feststämning och överallt stod vaser med stora fång av syrener. På bordets manglade vita duk var höga kristallglas uppställda och de nyputsade silverbesticken glänste i solljuset. Det var den äldste sonen Lars, kallad Lasse, som tog studenten.

Hela den stora familjen hade varit i Läroverksparken och tagit emot Lasse när han under höga tjut tillsammans med kamraterna sprang ut från den pampiga byggnad där de tillbringat de sista åren, Falu Högre Allmänna Läroverk. Lasse, som han oftast kallades om inte modern var arg på honom, var den första att ta studenten i släkten. Ingen av de nästan jämnåriga syskonen var heller intresserad av att sitta längre i skolbänken än nödvändigt. Det fanns ju också utkomst i den snickerifabrik och såg fadern Per startat efter kriget.

Lasse var en lång och gänglig student. En kroppskonstitution som skiljde sig rejält från syskonen som mer fått sin fars satta kroppshydda. Det var tydligt att Lasse hade en annan pappa. När Karin Axelsdotter och Per Larsson gifte sig pingsten 1945 var Lasse ganska nyfödd.

Nu satt de då där, på Matsolsgården, mor, far, syskonen, mormor, morfar och kusiner. Lasses gudmor Märit var med som alltid när familjen firade högtid. Märit var lika gammal som mormodern Anna och själv barnlös. Kanske just därför var hon så fäst vid både Lasse och hans mor Karin. Hon hade som vid varje födelsedag och jul skänkt Lasse en silversked.

Ett fönster stod på glänt i salen och den ljumma försommarvinden silades in i rummet. På avstånd hördes bruset från Västerdalälven. Lasse tittade ut genom fönstret och försvann för ett ögonblick i sina tankar.

Per knackade i det tunna kristallglaset. Det var glas som bara användes tillsammans med finporslinet från Danmark, det som modern köpt på postorder från Insjön. Lasse såg att fadern svalde gång på gång och insåg att det kostade på för fadern. Det var verkligen inte varje dag de gjorde något så onaturligt som höll tal för varandra! Fadern harklade sig:

– Ja, får jag säga några ord!

Per såg obekväm ut i sin kostym med nylonskjorta och den smala slipsen som var knuten för kort runt den grova halsen. Man kunde se att detta var en arbetskarl, det kunde ingen kostym ändra på. Kraftig på ett muskulöst sätt och ganska kort.

– Vi har ju samlats här idag för att fira en student. Jag är väl ingen talare brukar man väl börja med. Men jag ville i alla fall säga att detta har du gjort förbannat bra! Eller hur? Vi skålar för studenten!

Spetsglasen med brännvin höjdes av de manfolk som konfirmerats. Mormor och Lasses småsyskon skålade i Zingo eller Pommac. Per satte sig ner och någon av syskonen skämtade om att Lasse nu kanske bara skulle tala latin och använda räknestickan när han spred dyngan. Alla lät sig väl smaka av den mat gårdens kvinnor under flera dagar förberett.

Nu var det modern Karins tur att resa sig. Karin var bara 36 år och fortfarande mycket vacker trots att de flesta skulle gissa på en betydligt högre ålder. Ett stråk av sorg drog över hennes ansikte och hon strök undan lite av sitt hår som börjat gråna. En hårslinga ville inte hålla sig kvar i den uppsättning hon och modern hade ordnat innan de for till Falun på morgonen.

– Min pojk.

Alla tyckte det nog var lite fint med moderns översvallande känslor.

– Du är den förste i vår släkt som har haft huvud och lust att sitta vid böckerna. Du fick väl en tuff start du i livet utan far. Men jag hoppas du känner att jag och far älskat dig som alla våra andra barn.

Lasse såg ner i bordet. Hennes ord var ju vackra och välmenande men samtidigt var det som om han inte kunde ta in dem. Hon hade ju aldrig annars sagt ett ord om hans riktige far, och att nu nämna det så öppet. Vad var det här? Den där tystnaden som alltid varit som en outtalad överenskommelse i MatsOls-gården.

Mormor som visserligen ofta kunde bli ilsken reagerade på dotterns ord.

– Det är inget konstigt med Lasses uppväxt. Han har haft det lika bra som alla ungar här! Inget dalt nu eller grävande i gammalt.

Gudmodern Märit underströk Annas ord.

– Ja, ja, ja.

Den tredje gången med kraft.

I den paus som uppstod skruvade många på sig. Sentimentalitet var lite jobbigt! Och sedan ilska på det! Den ena brodern kände att han behövde bryta stämningen:

– Älskat lika mycket mor, nej mer, en riktig gullegris.

Moderns ögon gnistrade till.

– Vad vet du om det! Nu är du tyst jag var inte klar. Far och jag har talats vid och är det så att du efter lumpen vill studera, eller ligga vid Uppsala, sa modern och log, så betalar far och jag. Så pass bra går fabriken att vi kan ha råd med det. Det var ju också Norgepengarna vi kunde köpa skogen för och alla maskinerna.

Det sista sa hon vänd till sin mor innan hon med blicken åter sökte Lasse. Lasse mötte hennes blick:

– Tack mor och far men det är ingen brådska, först ska jag göra lumpen.

Han fortsatte lite forcerat för att inte bli avbruten.

– Tack för att ni stöttat mig och betalt rum i Falun de här åren! I sommar blir jag kvar hemma ändå och kan hjälpa mor buffra upp på Vålberget. Tänk att ni fortfarande har kor och håller på med slåttern på fäboden trots att vi har en av Flodas största industrier!

Nu vaknade morfar till. Nu var han på hemmaplan.

– Jag tror du läst konstiga böcker där i Falun. Alla gårdar med självaktning har kritter. Hur skulle det annars se ut? Till och med far din som jobbat med annat, på klädnypefabriken och i flintgruvan i Björbo innan han blev fabrikör, förstår att vi behöver kor för mjölk, ost och smör men framför allt för dyngan!

– Det är bra morfar! Hästen håller i alla fall med dig. Bläsen skenar och rullar runt i samma grop varje gång han kommer upp på fäboden på våren. Men nu kör vi väl upp hästen och korna med traktorn?

Morfadern log mot Lasse.

– Nej, hästen får du ta buvägen, så han inte kullrar runt i kärran och bryter sig. Korna får skjuts, det gillar allt kvinnfolk.

Bröderna skrattade till och såg spefullt på Lasse.

– Hålls med kjoltygen på Vålberget du Lasse, så drar vi in högvis med penningar hos far. Men nu börjar det väl räcka med allt ljus på Lasse?

Det låg inget illasinnat i brödernas glåpord. Lasse var en älskad storebror och det där med Uppsala var inget bröderna ville byta med honom. Hellre då att tjäna pengar till en amerikanare och kunna dra till Borlänge eller uppåt Vansbro.

Karin tog till orda igen.

– Nu ska du få presenten, Lasse. Det är både en och tjugoåtta presenter på samma gång. Kan du gissa?

– Nej mor. Är det en hylsnyckelsats?

– Nära på gosse, men större. Den fyllde hela PV:n och det tog på ryggen att lasta, sa Per skrattande.

Axel avbröt med ett stort leende.

– Presenten är inget jag behövt. Jag är ju gift och har bara att fråga mormor om det är något jag undrar.

Modern räckte fram en inslagen bok.

– Det är Nordisk Familjebok, alla band. Resten står i lidret packat i en trälår. Ifall du inte lärt dig allt tänkte vi.

– Tack, vilket besvär ni gjort er.

Lasse såg på sin mor och såg hennes gränslösa kärlek men kände också den där välbekanta uppgivenheten över allt osagt. Vad var det som hände den där gången under brinnande krig? Förmodligen skulle han aldrig få veta. Han kunde inte tränga undan det, även om de säkert vore de bästa. Han måste få klarhet.

Kapitel 2

Krigsvåren 1943
Hur mor och dotter cyklar till Älgbergets utbildningsläger och träffar en norsk motståndsman

DE BREDA BALLONGDÄCKEN lämnade ringlande ormlika spår efter sig på den nyhyvlade grusvägen. Kvinnorna cyklade bredvid varandra under tystnad, ibland inväntandes och ibland forcerat i något motlut. Morgonen var kylig med löften om en varm dag och årstidens mäktiga fågelkonsert tävlade med knirret från lädersadlarna om att tränga sig in i vägfararnas sinnen. Men denna morgon sjöngs det för döva öron. Annat var i tankarna. Karin skulle arbeta sin första dag på Älgberget. En plats som hennes mor ordnat år henne.

– Nu vill jag inte veta av något trams när jag gått i god för dig!

Anna tänkte genast att hennes ord nog lät skarpare än vad hon menat, som så ofta. Karin uppfattade det också som kritik även om hon så väl kände sin mor och det verbala krig de så ofta utkämpade.

– Annars brukar man ju få en chans att pröva innan man blir sågad jäms fotknölarna!

Karin kunde inte riktigt låta bli att le varför den riktiga skärpan i svaret uteblev. Modern log också innan hon fortsatte.

– Jag menar bara att mycket står på spel när man tar in sin egen dotter. Varken du eller jag blir gladare om det börjar tisslas om att du bara fått jobbet för det. Många tycker att jag inte heller borde vara husmor för ett lag utan att ha gått hushållsskolan.

Anna ville få Karin att förstå sin situation.

– Det tror jag du struntar fullkomligt i, du vill bara inte att de ska säga att dottern din är lat.

Karin kände sig på ett ovanligt gott humör denna morgon. Det skulle bli kul med jobbet på Älgberget, säkert full fart och mycket nytt folk. Hon hade funderat en del på norrmännen.

– Hur är de, norrmännen? Stackarna de vill väl inte sitta på Älgberget och klia myggbett när tysken plundrar landet deras. Men är de flera hundra? Har mor talat närmare med någon av dem?

Anna förstod så väl dotterns ungdomliga entusiasm och blev nästa avundsam. Det var länge sedan hon kände en sådan förväntan.

– Jag vet inte hur många de är exakt, vi lagar maten i flera stugor och bär till matsalen. Jag har räknat till 100 platser och de äter i flera lag. Sen det blev hälsoförläggning i vintras bygger de hela tiden nya sovstugor med riktiga kaminer. Du ska se det blir som en riktig gata, lika lång som i kyrkbyn. Doktor och tandläkare finns det med och marketenteri. En del har egna penningar andra får av Röda Korset.

Modern pustade i uppförsbacken och kände hur blusen klibbade mot ryggen. Sommaren var het och lockade fram svett. Men hon ville gärna stilla dotterns nyfikenhet.

– Jag talar väl inte med någon särskild av norrmännen. Jag tror man ska hålla dem lite kort, så de inte börjar vilja ha favörer. De befäl jag har att göra med är svenskar och de är ju officerare. Det där med hälsoförläggning det är nog bara utåt det. Militär utbildning det är vad man håller på med dagarna i ända.

Plötsligt hördes det dova mullret från en lastbil bakom dem, och de fick cykla på rad, med modern i täten, för att undvika att bli påkörda när det stora dammiga fordonet dundrade förbi. Turligt nog dammade det inte så mycket på morgonen, annars hade de kommit fram lika gråa som gruvarbetare.

–Nu får vi rappa på, ropade modern när de återigen var sida vid sida. När du ser portalen är vi nästan framme. Vid den här tiden har karlarna uppställning. Det skulle just vara grant om vi kommer mitt i!

När de passerat portalen såg Karin att en stor grupp män höll på att skingras och gå uppför gatan mot de baracker som kantade den smala grusvägen på båda sidor. När hon med blicken följde vägen upp mot bergets topp syntes ett luftbevakningstorn sticka upp över grantopparna. En man verkade precis ha kommit, och stod bredvid en resväska i brun papp och ett långt gevärsfodral. Han såg sig osäkert omkring innan hans blick stannade på Karin och sedan verkade invänta dem. Han såg vältränad ut. Och hon som var både svettig och rödflammig efter alla uppförsbackar!

– God morgon! Jag heter Olof Rude och blev precis avsläppt här. Inte vet ni var det kan finnas någon slags expedition att anmäla sig i?

Han tittade intresserat på Karin men hon blev stum som en fisk, vad skulle han tro. Det var Anna som i stället svarade.

– Han kan ju vända sig om så ser han vägen. Följ den, allt här ligger längs den. När han kommit upp på toppen så vänder han och går ner igen för då har han inte sett expeditionen.

– Då tackar jag.

Olof vidrörde roat sitt hattbrätte och greppandes sitt bagage började han knata uppför backen. Anna vände sig till dottern.

– Och du har aldrig sett en karl med hatt förr eller?

Kapitel 3

Sommaren 1963
Vålbergets fäbod och Lasses frågor om vad som hände under kriget

LASSE LÅG I sitt pojkrum. Han hade ännu inte flyttat ut till den gamla drängstugan som låg innanför lidret. Den var gårdens svalaste kammare, perfekt under varma sommarnätter. Han pillade lite på bastmattan fadern spikat upp för att skydda tapeten. Kanske var det dags att riva ner idolbilderna på Gre-No-Li och Nacka?

Det hade varit en märklig middag igår. Mamman som aldrig ville tala om att Lasse hade en annan pappa hade själv tagit upp det under middagen. Han hade märkt på resten av familjen att de också reagerat på detta. Själv hade han både blivit illa berörd och nyfiken. Han visste ju att det var minerad mark som gjorde att modern slöt sig i flera dagar om han försökte ta upp saken. Men samtidigt väcktes ett hopp. Skulle han kunna få veta mer nu?

Buffringen upp till Vålberget var flera veckor försenad. Morfar Axel och mormor Anna var rejält irriterade över detta men Karin hade varit bestämd, studentfirandet fick komma först. Per skrattade mest, de var ju inte direkt beroende av smöret och osten längre på det sättet men det hörde till årsrytmen även för honom trots att han vuxit upp med föräldrar som varit säsongsarbetare åt andra. Fadern hade mest arbetat med drivning av skog eller kolning och på sommaren med flottningen. Modern hade, när det kommit stora order, paketerat klädnypor för exporten till Amerika. Per var uppvuxen i ett torp i skogen alldeles bakom klädnypefabriken mellan Hagen och Tallriset. Nu var båda föräldrarna döda och torpet sålt och flyttat. Han var det enda barnet och tänkte ibland på hur stolta de hade varit över att han blev fabrikör och ingift på Matsolsgården.

Efter frukosten hjälptes de åt att få korna upp på den förstärkta höskrindan. Det var lättare sagt än gjort men med en blandning av kvinnornas lock och morfaderns svordomar och rapp med spöet så lyckades det till slut. Morfar var ivrig att komma i väg. Mor och dotter fick plats bredvid honom i kupén. De fnittrade av iver och mormodern lutade sig ut genom det öppna fönstret och vinkade till Lasse när de for iväg.

Det var lättare med hästen, som nu ivrigt traskade bredvid. Lasse var övertygad om att hästen förstod vart de var på väg. Han hade allt lite semester han med, inget vårbruk, ingen lunning i skogen eller ens slåtter på flera veckor, bara vila och färskt bete.

Buvägen, som vägen upp till fäboden kallades, gick längs älven. Byn Hagen var nog den rikaste byn i Dala-Floda. Älven hade under tusentals år genom sina översvämningar fyllt på den sandiga jorden med ännu mer material från inlandsisens lämningar ner genom Västerdalarna. Byns gårdar låg som på ett pärlband på ömse sidor om byvägen som också följde älven bort till den sista gården, Wåhlstedts Spinneri. Men det var jorden som styrde, och därför låg de bästa jordarna mellan byvägen och Västerdalälven.

De flesta gårdarna i Hagen var kringbyggda, många med liderportar mot vägen som man fick passera igenom innan man kom in på själva gården. Med några undantag var mangårdsbyggnaden inte det dominerande huset utan i stället fejset eller ladugården. Fejset upptog oftast en hel långsida i de rektanglar som också bestod av vagnslider, sädes- och hölador, visthusbod och oftast ett undantag för den äldre generationen. Bakugnar hade man i regel i boningshusen och smedjorna låg på behörigt avstånd nära älven.

Nog var det en vacker by han vuxit upp i. Visst hade han fått hjälpa till mycket men det hade också funnits plats för mycket lek, bad och äventyr. Nu passerade de den stora stenen han och en kompis tagit sig ut till genom att hoppa på timmerstockarna som kommit farande från Hagforsen efter det att man sprängt en stor bröt där. De hade inte vågat hoppa tillbaka utan fått sitta där tills morfar kommit med ekan. Med flit hade han väntat tills efter kvällsmaten.

När buvägen korsat byvägen på dess väg mot Lusknäppviken och Mockfjärd bar det uppför i ett enda långt motlut men det var inte längre än kanske tre kilometer kvar upp till Högsta, som var en av två gårdsgrupper på Vålbergets fäbod. Tankarna från morgondagen letade sig tillbaka. Skulle det gå att prata med mor nu? Hans morföräldrar var i detta fall väldigt lojala mot sin dotter. De hade heller inte svarat med annat än blickar mellan varandra på hans frågor.

När de stretat upp för sista branten, som av förklarliga skäl kallades Himmelsbacken, bredde horisonten ut sig och en stor del av bygden visade välvilligt upp sig. Rakt fram låg Mejdåsen och Björbo, sedan mer norrut hela älvdalen bort mot Nås och Äppelbo. Vred man på huvudet norrut såg man Dala-Floda med Flosjön som sträckte ut sig mot Leksandshållet. Som en tydlig topp avtecknade sig också Älgberget där så mycket utspelat sig under kriget.

Det var ingen som mötte honom när han kom in på tunet vid fäboden. Kvinnorna var säkert ute i skogen med korna. Hörde han inte skällan i riktning mot Vålbergsmyra? Där kom morfar stretande uppför lindan. Han banade en stig genom blomsterängen. Kråkvicker, midsommarblomster, vädd och prästkragar fick alla kapitulera under gummistövlarna.

– Hua, jag har gått över taggtråden på skogsbetet. Du kan ta ner Bläsen nu.

De åt alla fyra kvällsmat innan de äldsta for tillbaka ner till Hagen i traktorn. När det ihärdiga bullret hade tonat bort lade sig tystnaden åter över fäboden och snart hördes asparnas sus och de första svalornas kvirr. Mor och son gick till brunnen för att hämta mer vatten. Det var den finaste tiden på året, försommar, innan knotten och myggorna kom. Då kunde man knappt vara ute även om det nästan alltid fläktade på Högsta.

Lasse såg stelt framför sig medan han knöt nävarna runt hinkarnas handtag. Han harklade sig.

– Det du sa på festen mor har jag alltid trott vi skulle gräva ner...

Modern tittade länge på Lasse innan hon svarade. Lasse väntade spänt.

– Ja, allt som hände på den tiden gör ju fortfarande ont. Jag tänker på det alltmer. Det blir som en varböld. Varför kan inte huvudet bara glömma och gå vidare. Vi har det ju så bra nu!

Röda fläckar hade slagit ut på hennes kinder. Hon såg plötsligt så ung ut under schaletten, som ett barn som urskuldade sig. Lasse kände den gamla uppgivenheten komma och för att hindra den bröt han ut:

– Det är annorlunda för mig. Jag undrar ju? Vem var min far? Jag har inte ens ett namn! Det enda jag vet att han dog i en olycka. Skulle ni ha gift er? Jag vet ingenting!

– Du får inte pressa mig Lasse. Jag ska försöka berätta men jag vill att det ska bli rätt så att du inte blir olycklig.

– Jag kan väl inte bli olycklig över saker som hände innan jag var född! Jag har rätt att få veta. Hela Floda vet väl mer än jag!

Modern svarade inte utan de hinkade upp vattnet under tystnad. Det enda som hördes var vattnets skvalpande och deras upprörda andetag som de försökte hålla nere. De bar hinkarna hem under samma tystnad. Försommarkvällen var vacker med de vidsträckta bergen som vilade framför fäboden, men de såg det inte. Lasse var nu helt beslutsam. Han tänkte inte ge sig, han väntade ut sin mor.

När de kommit hem tände Karin en brasa, inte för att det behövdes varken för att lysa upp i den ljusa försommarkvällen eller för värmen. Trefoten med kaffepannan placerades över elden och nu satte sig modern på pallen vid den öppna spisen. Hon stirrade rakt in i den uppflammande elden. Till slut började hon berätta.

– Jag kan inte neka dig att få veta, men jag är rädd för att du ska tycka mindre om mig när jag är klar.

Lasse svarade inte utan skakade bara på huvudet.

– Du vet kanske att mormor jobbade som husa uppe på Älgberget när det var vedhantering där. Det höll ju på tills norrmännen kom dit men mor fortsatte som husa då också. Hon ordnade jobb åt mig sommaren -43. Jag var bara 17 år då, ett år yngre än vad du är nu.

Hon rörde om lite i brasan med eldgaffeln.

– Det var många av norrmännen som uppvaktade mig. En av dem var han som skulle bli din far. Vi var i lag med varandra här på Vålberget.

Lasse förblev tyst, nog var hans mor väldigt vag men han var rädd att avbryta henne så att hon tystnade. Hon fortsatte.

– Han ville nog göra rätt för sig i alla fall. Ville ta något slags ansvar så han ordnade med arvet sitt. Han kom från en förmögen släkt i Norge och blev ensam kvar i familjen sedan fadern dödats av tyskarna julen -40. Om jag minns rätt på året.

Karin funderade en stund och fortsatte sedan.

– Han omkom i en sprängolycka. De höll ju på med att träna sabotage och slikt på Älgberget.

Lasse tänkte på Per som hade varit som en far för honom hela hans uppväxt.

– När blev du och far ett par?

– Jag har känt din far hela livet. Han har nog alltid varit intresserad och vi har fått det bra med honom. Tycker du inte?

– Absolut. Men var inte han fundersam när du väntade mig?

– Kanske, men det visar att han älskade mig.

Lasse tittade oavbrutet på sin mor. Var det röken eller minnena som gjorde att det blänkte i hennes ögon. Hon fortsatte:

– Mor och far hade nog inte heller godkänt honom om det inte varit som det var.

– Bestämde de?

– När man var ensam med en nyfödd då hade de all makt.

Modern böjde sig fram och tog upp ett par vedträn till, som hon sköt in över elden. Lasse gick ut i det lilla köket och tog fram två kaffekoppar ur skåpet. Med grytlappen lyfte han den sotsvarta kaffepannan och fyllde först moderns kopp. Han kände henne så väl. Hon var nog lättad. Det gjorde nog gott att få berätta. Själv kände han sig medtagen och trött, men också medveten om att det gällde att passa på att fråga nu.

– Hur var min riktige far? Hur såg han ut?

Lasse var inte längre så rädd att modern skulle lägga locket på.

– Ja, han var lång och ljus.

Hon funderade lite generat och valde sina ord när hon fortsatte.

– Och han fick nog alltid som han ville. Han var något slags befäl och lärde upp de andra. Han hade varit på träning i England och var någon slags hjälte bland norrmännen.

– Då liknar jag nog mor mer, sa Lasse.

Moderns axlar sjönk ner som om hon haft kvar vattenoket de bar hela stunden vid brasan. Lasse såg ner på sina händer. Lågt sa han:

– Vad hette han?

– Han hette Olof Rude.

Någonting inom Lasse blev stilla. Han tänkte på allt det diffusa han burit på hela livet. Den skuggfigur som alltid funnits i bakgrunden. Som han hade funderat! Varje dag, varje kväll. Nu fanns det plötsligt ett namn och det var hans fars. Så självklart och så gömt. Olof Rude.

Kapitel 4

Förkrigstid
En sabotör och motståndsmans uppväxt i Norge

OLOF RUDE HADE stundtals haft en tuff uppväxt. Hans svenska mor och förmögne far hade inga ambitioner att smälta in eller bygga fler relationer än de behövde där de nu bodde. Samhället låg längst inne i Sognefjord och det var fisket som gav folket dess levebröd. Fadern var en skeppsredare som träffat hans mor på en regatta i Bohuslän. Gården i Skjolden var en släktgård, frukten av tidigare generationers slit med fiske och transportverksamhet längs Sognefjorden. Det var Olofs farfar som varit en av pionjärerna att tidigt lämna segelskutornas era och satsa fullt ut på kol och senare dieselfartyg. Rederiet hade sitt huvudkontor i Bergen där fadern oftast bodde.

Det hade varit en lycklig tid i Skjolden de första åren efter föräldrarnas giftermål men när första och enda barnet Olof kom hade maken börjat tillbringa alltmer tid i Bergen. Rederiet krävde hans närvaro. De hade visserligen diskuterat en flytt av hela hushållet till Bergen men redaren Johannes Rude ville inte klippa banden till Skjolden. Han ville helt enkelt att sonen Olof skulle få växa upp och danas på de fjällsluttningar där generationer före honom sprungit.

Så länge Olof gick i småskolan fann sig modern Alice i detta men det märktes allt tydligare att de helger hela familjen fick tillsammans inte nog vägde upp tristessen och isoleringen under övrig tid. Nu började även modern tillbringa alltmer tid borta från Skjolden. Långa perioder flyttade hon helt enkelt hem till sina föräldrar i Göteborg. Olof blev då hänvisad till gårdens tjänstefolk, framför allt den husmor som basade över de andra anställda.

Även Alice Rude var noga med att Olof inte skulle tappa sina rötter, sina svenska rötter. Husets bibliotek var välförsett med böcker på svenska. Alice hade en idé om att det borde gynna Olofs framtida roll som redare om han var tvåspråkig. Att även engelska och tyska var nödvändiga var en lika stor självklarhet som att en god redare behövde kunna föra sig vid en större taffel och veta hur man snoppar en cigarr och rullar en konjakskupa.

De språkliga färdigheterna stod dock inte så högt i kurs hos de jämnåriga i Skjolden. Här var det andra meriter som gällde.

– Säg flöde.

Ett dussin pojkar stod i en ring och hetsade.

– Håll käften. Ni är tuffa när ni är många. Men om jag talar med far blir ni spaka.

Olof snurrade sakta runt, runt för att inte bli attackerad i ryggen.

– Låt svenskynglet vara. Vi tar honom sedan.

Ringen av pojkar upplöstes skrattande och Olof stod ensam kvar.

Olof hade ett val. Han kunde dra sig tillbaka till familjens bibliotek och hemmets trygghet eller försöka slå sig fram till en position bland de jämnåriga. Men för Olof var det nog aldrig ett medvetet val utan snarare en del av en tjurig personlighet. I slutet av småskolan var Olof fortfarande ganska tanig och gänglig men även om många var större och starkare började Olof få respekt. Han var lite farlig, oberäknelig och förstod aldrig när han skulle ge sig. De barn som ville brottas lite för att demonstrera sin styrka blev perplexa när Olof skallade dem eller använde sina nycklar som knogjärn.

Den roll Olof hamnat i och det ständiga krig han förde innebar också konflikter med fröken och skolan. Även om faderns relation till rektorn nog göt en hel del olja på vågorna så nåddes hans mor av en strid ström av anmärkningar och varje år det sämsta betyget i ordning och uppförande.

ෆ

Det sista året i småskolan fick Olof sin första vän. Det var Björn som var ett av många barn i en fiskarfamilj. Den barnrika familjen bodde i ett litet hus på den norra stranden, strax utanför Skjolden. Klassen hade varit på skidtur för att lära sig om hur man gräver snöbivack när en smärre lavin skulle komma att utlösas.

– Vi åker före! Björn kröp ihop i utförslöpan och vred nacken mot Olof som gärna antog utmaningen. Han var nästan ikapp Björn när de båda flög över branten de visste skulle plana ut i en ändå ganska brant nedförslöpa. Hoppet gick bra men bakom dem dånade plötsligt fjällsluttningen . Olof vände sig om och såg en vit tät vägg rusa mot dem. Samtidigt som han kände hur Björn tog tag i hans arm träffade lavinen dem båda med full kraft. Det blev mörkt men han hörde Björns röst

– Det går att andas i alla fall.

Olof skrattade till kanske av adrenalinkicken.

– Ja det går att andas!

De lyckades packa snön så att det bildades en liten grotta där de satt. De satt där i sex timmar innan de blev framgrävda. Under dessa sex timmar hade de funnit varandra. Björn hade på något sätt fått Olof att sänka sin gard och Olof hade på något sätt fått Björn att tordas bli hans jämlike. Björn var snabb i käften med en humor som Olof mådde bra av.

Olof tillbringade alltmer tid med Björn vilket modern, när hon sett den positiva inverkan Björn hade på hennes son, faktiskt uppmuntrade trots att tiden för läxläsning kanske naggades en del i kanten.

En ny värld av fiske och jakt öppnade sig för Olof. Det var framför allt jakten som blev oemotståndlig. Björns far och hans bröder jagade mycket sjöfågel och säl. Det innebar möjlighet till jakt nästan hela året som ett nödvändigt komplement till fisket. Speciellt jakten på säl fascinerade Olof.

– Tänk inte på att du fryser som en hund och vill skaka. Då träffar du aldrig. Ta stöd mot relingen och andas med i båtens rullningar. Krama försiktigt av skottet när du har så mycket träffyta som möjligt.

Olof fick många råd av Björn och hans bröder. När skottet gått gällde det att snabbt ta sig fram och bärga sälen innan den sjönk.

Det här var en lycklig tid för Olof. Relationen med fadern förbättrades. Var fadern till och med lite stolt? Fadern lät honom få obegränsad tillgång till husets vapen och lät beställa två kikarsikten från Zeiss i Tyskland. Dessutom två nya gevär, en repeterstudsare från Mauser och en Klipplauf från Krieghof. Den senare var ett lätt brytvapen för enkelskott med en överlägsen precision.

De sista åren i realskolan var den bästa skoltiden för Olof. Vänskapen med Björn gav någon form av trygghet och bekräftelse som Olof tidigare hade saknat. Konflikterna med lärarna och skolan minskade och då det nu faktiskt gick ganska bra för Olof i skolan, kom det som en chock för honom när föräldrarna under julhelgen delgav honom sitt beslut att sätta honom på internatskola i Sverige.

Fadern var obeveklig.

– Det är inget att diskutera, mor och jag har talat igenom detta noggrant.

– Men varför?

– Du behöver träffa studiekamrater med samma bakgrund, så att du kan bygga nätverk och förbereda dig för framtiden.

– Jag kommer att bli olycklig, ni vet hur jag haft det.

Olof sänkte sin röst så att han knappt hördes.

Fadern skrattade till.

– Nu är du fånig. Dags att du växer upp nu och börjar ta lite eget ansvar.

Modern fattade sitt vinglas med båda händerna och ville förtydliga

– Jag kommer också att vara mycket i Sverige. Du kan ringa.

Olofs käkar spändes i en grimas men han satt tyst och orörlig kvar på sin stol.

Kapitel 5

1936-39
Olof Rudes tid på svensk internatskola innan krigsutbrottet

VENDELSKA LÄROVERKET VAR en stor skola. Som på många internatskolor fanns det en hierarki bland eleverna, dels en institutionell sådan som byggde på att yngre elever skulle passa upp på äldre, dels en informell där kamratuppfostran av de vuxna på skolan sågs som något i grunden positivt. Gränsen mot förtryck och ren pennalism var dock ganska svävande. Olof som nu ganska snart fick öknamnet norrbaggen var inte förskonad. Han backade inte heller från några konflikter. På något sätt kändes det som om han också protesterade mot hela sin situation, inte bara satte några idioter på plats. I de flesta tvekamper klarade han sig bra och blev ganska snart betraktad som lite farlig. Men nu byggde inte maktstrukturen på Läroverket på tvekamper utan Olof behövde sättas på plats och då gjorde man det i grupp. Lite kamratuppfostran hade ju aldrig skadat.

Det var när Olof kom ut från duschen som någon drog en säck över hans huvud och band honom genom att springa runt honom med ett rep. Olof kämpade förtvivlat emot. Men hans sparkar och kast med överkroppen ledde bara till att han föll och slog skallen mot golvet i omklädningsrummet. Han blev misshandlad där på golvet, så illa att han tappade medvetandet. När han vaknade upp stod han bunden naken runt flaggstången med den norska flaggan hissad ovanför sitt huvud.

Det här var ett allvarligt intermezzo till och med utifrån Läroverkets mått. Föräldrar kontaktades. Ångerfulla brev skrevs och skolan mottog en rad ganska omfattande donationer. Redare Johannes Rude reagerade kraftfullt, något som faktiskt överraskade Olof. Hans syn på fadern reviderades i alla fall något under de följande veckorna.

Fadern åkte till honom på skolan och steg obevekligt in på skolans expedition. Skolans kanslist försökte hindra framfarten och få honom att förstå att man måste boka en tid för möte med rektorn. Johannes Rude lyfte fysiskt undan henne och slog upp dörren till rektorsexpeditionen. Rektor hade kollegium med skolans huvudlärare. Johannes pekade med hela handen.

– Du stannar. Resten ut!

Rektorn nickade åt sina lärare som tveksamt lämnade rektorn ensam med denne man. Vem var han?

– Rude. Du förstår nog vem jag är. Jag fick ditt lismande brev med ursäkter. Hur kunde detta ske? Och vad händer med ligisterna?

Den erfarna rektorn försökte lugna ner situationen. Han bad Johannes Rude att sitta ner och framförde en önskan om en värdig samtalston så skulle nog detta redas upp. De hade som skola verkligen reagerat kraftfullt. Alla föräldrar var kontaktade och gossarna i fråga var alla ångerfulla och beredda att be om ursäkt. Det var hemskt det som hänt men Olof hade inte fått några men och det skulle inte hända igen. Det måste redaren förstå att inget blev bättre av att dessa pojkar relegerades. De behövde alla lära sig något av situationen. Hade inte Olof också delvis provocerat fram detta. Han kanske skulle vara mer ödmjuk?

Nu brast det för Johannes Rude. Han tryckte upp rektorn mot en oljemålning av någon företrädare så att tavlan lossnade från väggen.

– Ser jag dig i ett annat sammanhang kommer jag att slå ihjäl dig!

Rektorn sjönk till golvet. Johannes Rude gick ut med bestämda kliv. I dörren krockade han nästan med kanslisten som stått där och lyssnat och nu rusade in till sin chef.

Johannes Rude agerade snabbt och fick en plats på Lundsbergs internatskola i stället. Olof accepterade faderns beslut men vädjade om att få gå kvar terminen ut. Han ville inte sumpa sina betyg på grund av dessa idioter. Fadern lät sig bevekas. Hade han känt sin son bättre hade han nog inte gjort det. Olof sökte upp de som han förstått varit delaktiga. Han valde platser och tider då inget kunde störa och han gick grundligt till väga. Ingen av dem som han faktiskt misshandlade nu som en raffinerad hämnd anmälde honom. Kanske höll hela situationen på att växa dem över huvudet. Den person alla förstod var ledaren för angreppet på Olof sparade han till sist. Det måste ske offentligt och inte som tidigare i smyg. Denna ledare skulle behöva abdikera för gott. Det var Olofs plan.

Olof valde den dag då matsalen var som mest full. Han tog sin bricka och gick fram till sin antagonist. Genom att luta brickan tillräckligt mycket så vickade mjölkglaset och sköljde över hela skoluniformen. Tredjeårseleven for upp men såg allmänt villrådig ut, vad skulle han göra? Han knuffade till Olof så att all mat på brickan for i väg. Olof reagerade blixtsnabbt och slog brickan med all kraft i skallen på sin motståndare så att det small i hela matsalen.

– Det lät tomt. Det blir nog ingen student till våren!

Olofs ton var full av hån. Tredjeårseleven gav till ett skrik och ville kasta sig över Olof som vinkade inbjudande med sina händer.

– Make my day!

Olof log. Det lät nästan som en filmreplik som man skulle tala länge om på skolan.

– Varför går vi inte ut en sväng?

Nu var Olofs röst mycket stark och självsäker.

Det blev ett stort följe som anslöt. Något hade hänt, flertalet hetsade inte längre mot Olof utan det kändes som om massan ville få se en despot falla.

Tredjeårseleven såg lite villrådig ut när han märkte att ingen slöt upp på hans sida eller backade honom. Han såg inte ens någon av sina närmaste i folkklungan. Olof slogs inte i affekt för en gångs skull utan drog ut på förnedringen och gick inte över någon gräns. Ingen skulle kunna säga att han var särskilt sadistisk eller använde fula knep.

Veckorna fram till studenten rådde ett ovanligt lugn på skolan.

Åren på Lundsberg blev bättre. Olofs rykte hade föregått honom och han blev aldrig utsatt på samma sätt som tidigare men heller inte omtyckt. Ensamheten bekom honom inte. Det var ett rätt naturligt tillstånd.

Det år Olof skulle ta studenten dog hans mor i sviterna av sin mångåriga alkoholism. Nu hade han och fadern bara varandra och fadern började behandla honom mer som en jämlike. Planer gjordes upp och Olof skickades på praktik till London fram till våren då han skulle återvända till Skjolden. Till hösten väntade praktik i Bergen hos fadern på rederiet. Det tredje rikets anfall på Norge omöjliggjorde dessa planer.

Kapitel 6

Våren 1940
Tyskland anfaller Norge och Olof Rude dras in i kriget

Bergen 9/4

Min son!

När jag skriver detta är Tyskland i full fart med att införliva Norge i det tredje riket. De närmaste dagarna kommer att bli kaotiska och helt avgörande. Vi får se i vilken mån vi kan bjuda motstånd för vårt fosterland! Du gör bäst i att stanna i villan så länge och inte bege dig hit som planerat. Det tonnage vi har ute till havs och i neutrala hamnar har jag beordrat att segla till England. Jag ämnar ställa rederiets tillgångar till Englands disposition om vi inte har en egen regering att räkna med. Vi har tre av våra större skepp på underhåll i Göteborg. Jag planerar att så fort som möjligt åka dit och försöka få dessa klara. Jag överväger sedan att resa till England för egen del med något av skeppen.

Det smärtar mig att lämna dig ensam min käre son nu när vår mor lämnat oss. Det är dock min bestämda uppfattning att du med mindre risk kan kontakta vem som helst av våra skeppare i Sognefjord för en överfart till Skottland. Och det är min bestämda vilja att du ska göra detta, för din personliga säkerhet och frihet men också för att inte tyskarna ska försöka komma åt rederiet genom dig. Skepparna känner alla igen dig och står i beroendeställning till rederiet. Du vet likaväl som jag vem du ska kontakta i första hand. Du har kredit hos dem alla och jag räknar med att du kan använda dina egna medel för andra omkostnader. Jag kommer att ersätta dig i allt när vi ses.

Skriv till kontoret i Göteborg och håll mig underrättad.

Tills vi ses igen

Din far

PS Bränn brevet när du läst det.

Olof hade tidigare på morgonen hört nyheten om ockupationen och kommit till samma slutsats som fadern. Det säkraste vore att ta sig till Skottland om han inte kunde ansluta sig till den norska armén, som verkade hålla ställningarna norröver. Inget var heller sagt på radion om att kungen eller regeringen skulle ha tagits till fånga. Norge hade alltså inte kapitulerat på riktigt. Anslöt han sig till armén var han också skyddad från att tyskarna skulle använda honom mot fadern. Men den stora skillnaden skulle vara att han kunde bidra till landets försvar. Tankarna snurrade runt i skallen. Ville armén ha honom fast han ännu inte gjort militärtjänst?

Han bestämde sig för att försöka nå armén via fjorden. Ganska snart efter att Olof gett sig av började vårkvällen skymma. Han hittade lä bakom en udde och kastade ankar för några timmars sömn. Snipan var öppen men Olof hade en varm sovsäck och ett egentillverkat bivackskydd han spände upp som ett litet tält. Han hade också tagit med sig 40 liter bränsle till tändkulemotorn, så han behövde inte heller enbart förlita sig på seglen. När det ljusnade skulle han ge sig i väg. Utifrån det han läst var han ganska säker på att Narvik var, eller skulle bli, en krigsskådeplats. Tog inte tyskarna nästan all sin svenska malm till krigsindustrin den vägen?

På morgonen brydde han sig inte om att gå iland eller tända spritköket utan åt av den torrskaffning han fått med sig från Skjolden. Han sparade på bränslet och seglade hela dagen med sikte på västerhavet och Sognesjöen.

De första tyskarna fick han syn på när han närmade sig fjordmynningen. Åsynen var först alldeles overklig Här var alltså tyskarna! Fienden som invaderat hans land. Minst två patrullbåtar verkade kontrollera mynningen. Han blev villrådig och sökte en skyddad naturhamn.

Dagen tillbringade han med sin kikare och försökte räkna ut tyskarnas rutter. När det väl mörknat var det nästan lättare att dra slutsatser av hur ofta de starka strålkastare båtarna använde passerade en viss syftningspunkt han skurit in i relingen. Han försökte räkna ut hur ofta båtarna passerade den väg han bestämt sig för att ta. Det var viktigt att veta tidsspannet och hur stort utrymme i fjorden som kunde användas för att kryssa, då han inte tordes använda motorn. När klockan passerat midnatt kände han sig dock inte säkrare än han gjort tidigare under dagen. Han hade genom att studera sjön bestämt sig för en rutt och han visste på vilket avstånd från tyskarna han skulle stanna och invänta tiden för sitt utbrytningsförsök.

Det var ändå en bra natt, vädermässigt. Himlen var molnig och varken månen eller några stjärnor blottade honom. Den enda risken för upptäckt var tyskarnas strålkastare. Han kände hur den stegrande pulsen dunkade vid tinningen när han började förbereda sig. Han packade upp studsaren och la en ask patroner i jackfickan, en annan på durken nära fören. Därefter sotades ansikte och händer med lite jord han tagit vid naturhamnen. Han var fortfarande osäker, skulle han vända om? Var han beredd att döda tyska ungdomar som var i hans egen ålder? De hade säkert också precis slutat gymnasiet. Visste han tillräckligt om det politiska läget för en sådan handling? Var tyskarna ens fiender egentligen? Den huvudvärk han känt den senaste timmen tilltog och han blev alltmer stressad av situationen. Hade han druckit tillräckligt? Frågan blev obesvarad då han kände en tydlig vindkantring och en tilltagande ostlig vid.

Det avgjorde saken. Olof styrde upp snipan med vinden och fyllde seglen. De tankar om rätt och fel han haft var med ens borta utan att han kommit fram till några svar. Snipan sköt i väg och nu fanns ingen återvändo. Hade han inte läst något om Viborgska gatloppet där svenska örlogsmän flytt undan en starkare rysk övermakt? Var han riktigt klok som tänkte på svensk historia nu?

Han fick också annat att tänka på. Något stämde inte. Patrullbåten kom mycket snabbare än han beräknat. Han såg inte båten men ljuset från strålkastaren. Han kurade instinktivt ihop sig för att synas mindre och höll mot land, bort från patrullbåten. Det här skulle inte gå. Hans bröstkorg pressades samman som om någon satt sig på honom och det var svårt att få luft till de skrikande lungorna. Strålkastaren skulle snart fånga in honom. Olof andades ut med en stöt, styrde upp mot tyskarna, surrade rodret och la sig med vapnet med stöd mot toften.

Den första kulan från studsaren missade strålkastaren men borde ha slagit in i hytten på patrullbåten. Olof repeterade snabbt och försökte följa med i båtens rörelser. Avfyrningen kändes bra och den hårda knallen rullade runt i hans skalle. I samma stund slocknade strålkastaren, men patrullbåten stannade inte utan fullföljde sin kurs rakt mot Olof. Han sköt två skott till mot motorljudet på måfå men insåg för sent att det bara skulle ge tyskarna onödig vägledning att se hans mynningseld. Han hade inte siktat på någon människa men han hade kanske ändå träffat.

Han la om kursen helt och kryssade nu tillbaka in i fjorden. Ljuset från kajutan lyste upp det mörka vattnet och han såg tydligt kulsprutetornet med dess bemanning. Tyskarna hade inte upptäckt hans kursändring utan de fortsatte i sin kurs. Svallvågen träffade Olofs båt från sidan och den rullade kraftigt men det var något som inte bekymrade Olof. Det som däremot verkligen fick Olofs hjärta att trumma allt snabbare var att patrullbåten nu girade mot honom igen. Hur mycket kunde de se av honom? Nu närmade de sig snabbt.

Tändkulemotorn startade på första försöket och Olof girade upp på nytt, nu rakt mot patrullbåten. Han surrade rodret på nytt och hällde ut den ena dunken bensin i båten. Han slängde studsaren överbord och hoppade i det iskalla becksvarta vattnet.

Han hörde aldrig hur kulsprutans automateld spelade över snipan. Båten som nu var dömd till vrak.

Det iskalla vattnet drog ihop varje por i hans kropp och gav märkligt nog närmast en värmesensation. Hans första tanke var att inte bli tagen av tysken, hellre då djupet. Den andra att ta sig till land. Det var kanske 100, maximalt 200 meter till land. Han var en god simmare men hur fort skulle kylan förlama honom. Han såg aldrig heller hur patrullbåten bara riste till när träskrovet i snipan bröts itu av kollisionen. Patrullbåten girade runt i en stor cirkel.

Hans ullkläder skulle värma honom ett par minuter om han höll sig i rörelse, sedan hade han kanske ett par minuter till på sig innan han skulle bli medvetslös och drunkna. Det kunde gå!

Patrullbåten gjorde en ny gir men utan strålkastare var tyskarna blinda. Kunde han bara simma på, att stanna overksam i det kalla vattnet skulle vara slutet. De ficklampor som nu spelade över den ganska lugna sjön hade kort räckvidd och de var inte nära. Olof crawlade med armar och ben och först nu började kylan orsaka att lederna domnade bort. Det sista blod som pulserade av egen kraft i honom sökte sig nu till hjärnan. Han var i alla fall medveten om vad som hände. Hans enda chans var att kämpa mot stelheten genom att alltmer frenetiskt veva med sina armar och sparka med benen. Kroppen löd fortfarande hans huvud. Han noterade att vågorna blev mindre och ändrade karaktär. Det var med den ena armen han slog i den första stenen.

ꟸ

Som i en dröm vaggades Olof fram bakom ett svagt ljusskken. Det var folket i närmaste gård som väckts av skott och automateld från fjorden. En i generationer nedärvd reflex fick dem att springa ner i mörkret till stranden med sina fotogenlampor lyfta som små fyrbåkar. De hade mer anat än tydligt sett en oformlig massa utsträckt på stenarna strax utanför stranden. Utan att tveka hade de vadat ut och burit i land den unge mannen.

– Bär försiktigt, tappa inte.

Det behövdes ingen medicinsk expertis för att förstå att det nu var bråttom att värma upp Olof. De bar in honom till familjens kök, drog av honom alla kläder, virade in honom i filtar och la honom på golvet bredvid köksspisen.

Det var nog så att Olofs liv hängt på en skör tråd den natten. Han vaknade upp ur sitt medvetslösa tillstånd men hade hög feber. Han såg framför sig äldre skolkamrater som med våld hällde vatten i hans vidöppna mun och hur han och Björn försökte springa ifrån en lavin. Svetten rann ymnigt under dessa yrselanfall. Febern gav inte med sig och tillsammans med en djup hosta och andningssvårigheter insåg man på gården att Olof inte skulle bli bra av sig själv. Han hade drabbats av lunginflammation.

Olof var inte medveten om vad som egentligen hände de där dagarna när han var mer eller mindre borta från världen. Det fanns en oro i familjen som Olof noterade trots den feber som hade drabbat honom när han började kvickna till.

Det var gårdens äldsta kvinna som förhörde sig om vem han var och vad som hänt efter de första kritiska dagarna. Olof kände att de förtjänade att få veta allt så han berättade om vilka planer han haft och om rederiet.

– Rudererederiet, då förstår jag var alla hans pengar kom från.

Värdfolket hade tagit av Olof hans pengabälte av vaxduk som han förvarade sina sedlar i.

– Jag betalar så klart för mig. Ni tar en stor risk att ha mig här. Tyskarna kanske letar.

– Sjönk inte båten din? Vi får hoppas de tänker att du följde med. Nio liv har du i alla fall. Jag tror vi kallar dig katten.

Kvinnan log mot Olof.

– Nu måste du vila och äta på dig krafter så får vi tala om vart du ska ta vägen sedan. Blir du lite starkare så bär vi upp dig till en hytta vi har på fjället. Gubben är där nu och hugger upp mer ved.

Olof behövde stanna en dryg vecka i den illaluktande hyttan, där han gissade att det oftare var getter än människor som tillbringade sin nattvila. Gården utrustade honom så gott de kunde med kängor, ryggsäck, kaffepanna och matsäck. Rökt fårfiol, getost och torkad fisk skulle kunna föda honom en vecka.

– Engelsmännen har landstigit vid Narvik, där är det hårda strider att vänta.

Trots att huset låg så isolerat så menade gårdsfolket att de hade säkra underrättelser om fronten. De kunde också berätta för Olof att folk nu på allvar börjat organisera sig för att kunna göra motstånd. Idrottsföreningar, idrottsmän och läkare var tydligen frontmän.

Två dagar innan Olof skulle ge sig iväg nåddes han av nyheten att en kutter vid namn Vega gått på en mina i Sognefjorden. Hela besättningen saknades. Det var Björns båt. Olof låg apatisk de följande dagarna men apatin ersattes snart av ett intensivt hat mot tyskarna. Det kokade i honom. Det var detta hat som ändå gjorde att han kunde ta sig samman och förbereda sin avfärd mot armén.

På natten den 20 april smugglades Olof över fjorden och sattes i land vid en sjöbod där han möttes av en lots från motståndsrörelsen som skulle ta honom till fronten, oklart för Olof vilket frontavsnitt.

Avskedet från gårdsfolket hade också tagit starkt på Olof. De hade enbart velat ha 50 kronor för överfarten och matsäcken men i övrigt ingen ersättning.

– Vi kommer att ha något att tala om i vinter, sa de.

Olof lovade dem att komma och hälsa på när det blev bättre tider. Vad gjorde vissa människor så goda när andra bara var svin?

Kapitel 7

Hösten 1963
Lasse rycker in i lumpen och börjar hitta ledtrådar till sin fars öde

VECKORNA GICK PÅ fäboden och modern hade åter slutit sig. Hon hade inget mer att berätta om Olof Rude sa hon. Lasse hade utan resultat försökt få henne att berätta något om sprängolyckan. Tystnaden var återigen kompakt.

Han hade gjort en utflykt till Falun och via referenser från sin historielärare fått tillgång till Falukurirens gamla nummer från krigsåren. Där stod dock inget mer än att en sprängolycka skett som kostat en norsk flykting hans liv. En bild på en myr med en krater i mitten dominerade i artikeln.

Det som annars dominerade familjens diskussioner den sommaren var moderns beslut att detta var den sista sommaren hon drog med sig korna upp på Vålberget. Skulle de alls behålla korna? Diskussionen slog en kil mellan generationerna. Framförallt mormodern tog diskussionen väldigt hårt. Hon slamrade ilsket med kokkärlen under matlagningen och rörde sig kantigt och burdust. Då och då stötte hon till någon och det var omöjligt att säga om det var med flit eller inte. Hon blev fåordig och sluten, och när dottern sa något fnyste hon för sig själv. Det var som om dottern hade svikit henne och alla kvinnor före henne. Karin var heller inte den som krusade, så det var inte så muntert på Matsolsgården den sommaren och hösten.

När det var dags för inryckning skjutsade Per in Lasse till regementet som i backen upp mot Lugnet vaktade över staden. På vägen hade de småpratat om sommaren och om vad Per upplevt på I13 när han ryckte in efter kriget. Fadern var nöjd med livet. Snickerifabriken gick som tåget och de hade mycket mogen skog de kunde avverka de närmaste åren.

– Vi har ju snickerifabriken men köper det mesta virket dyrt fast vi har skogen. Lasse, jag funderar på att vi skulle investera i en såg och en tork själva. Då skulle vi äga hela processen. Att planera ett modernt sågverk, det vore något att bita i det. Kanske något för dig Lasse om du blir ingenjör! Vi skulle kanske kunna sälja köksinredning via annons också eller samarbeta med Åhlens.

Lasse tittade på fadern som var full av energi. Samtalet avstannade när de närmade sig parkeringen framför vakten och det var dags att säga adjö.

Sin första utskällning fick han redan i förrådet där en fanjunkare lämnade ut hela hans utrustning i olika högar. När han hade provat sin vapenrock hade han missat ett knapphål så att hela knäppningen blev sned. Det var ingen liten sak för mannen bakom disken.

– Hör upp alla! Titta på den här. Så går det om man inte börjar knäppa nerifrån och upp. Gör om.

– Men nu vet vi ju ändå att storleken passar?

Lasse kände blickarna från alla beväringar men när han också mötte fanjunkarns blick förstod han att han nog inte skulle behöva ta så många egna initiativ det närmaste året. Han knäppte upp och började om nerifrån.

Annars var det bra kamratskap och befälen ville väl inget ont egentligen även om de verkade gilla att skrika i stället för att tala. De första tre månaderna var det grundutbildning, och sedan skulle de få en specialistutbildning utifrån vad de blev uttagna som. De bodde sexton stycken i en stor sal med stenväggar och två skåp var. För trevnadens skull hade alla blå överkast som verkade outslitliga. Gnisslet från järnsängarnas fjädring och slamret från plåtskåpen var det som annars mest satte sin prägel på deras tillvaro. Det och maten. Han kom från en familj med rejäla måltider men här var det ingen hejd. Ofta och mycket var tydligen regementets devis. Det blev mycket kortspel även om befälen försökte uppmuntra till annat. I anslutning till markan med sitt biljardbord fanns också ett musikrum med instrument. Regementet hade också ett eget bibliotek som alltid stod öppet och där man själv kunde låna böcker. Det fanns många böcker om kriget och i en av dessa hittade Lasse några sidor om de norska polititrupperna. Där fanns en bild med tre officerare i fonden framför ett luftbevakningstorn på Älgberget. De tre var namngivna. Fänrik Ole Persson, liknade inte han major Persson som var deras kompanichef?

Lasse kände att han måste försöka, så när de en eftermiddag fick ledigt några timmar knallade han iväg till Kompaniexpeditionen.

– 418 Lars Persson MatsOls anmäler sig. Jag önskar tala med major Persson.

– Lediga.

Fanjunkaren mönstrade Lasse.

– Ska du klaga på något?

– Nej fanjunkaren. Jag är intresserad av kriget och de norska polistrupperna och har förstått att majoren tjänstgjorde då. Om jag kunde få fråga honom lite.

Fanjunkaren svarade inte utan vände sig om och knackade på en dörr där Lasse gissade att majoren satt. Dörren stängdes och när den öppnades igen lämnade fanjunkaren den öppen.

– Varsågod!

Lasse gick in och gjorde honnör som han lärt sig. Majoren nickade och visade på besöksstolen. Han log och tog till orda.

– Så 418 är intresserad av polistrupperna? Varifrån är du?

– Floda.

– Ja, då är det kanske Älgberget som är mest intressant. Ja det är bra någon är intresserad. Det var ju mycket hemlighetsmakeri, då är nog risken större att vi glömmer. Bra med ungdom som är intresserad av historia!

Majoren log mot Lasse

– Det var då jag träffade min fru. Det var därför jag blev kvar i Dalarna. Hon var från Siljansnäs.

Lasse log tillbaka och nickade.

– Min mor och mormor arbetade i köket efter -43.

Lasse kände att han inte ville verka för passiv, så han pratade på.

– Anna och Karin. Karin är min mor. Hon hette MatsOls Axels Karin då.

– Jag kan inte säga att jag minns dem riktigt. Men det är ju länge sedan. Ja vi bedrev regelrätt utbildning av infanterister där. De fick nästan samma utbildning som ni får nu på er grundutbildning, sedan tog vi ut vissa som vi drillade extra. Känner han till Skeberg, där eliten hamnade?

– Jag har hört talas om Skeberg, en fäbod utanför Älgberget mot Leksand. Vi har en egen fäbod så jag kan tänka mig hur det var där.

– Vill du forska mer om detta ska du läsa om Harry Söderberg, Revolver-Harry. En helt otrolig karl. Ingenting var omöjligt för honom. Han fixade vapen och byggde upp nästan alla läger i Sverige och det som civilist, eller någon slags polis var han ju. Han blev officiellt utbildningschef för trupperna. Men han fick med sig Tage Erlander och Möller. Möller var socialminister på den tiden. Erlander arbetade som statssekreterare åt Gustav Möller.

Det blev en paus. Lasse tog mod till sig.

– Min far var norsk flykting där men omkom i en sprängolycka.

Majoren reste sig upp, vände sig om och tittade ut på kaserngården.

– Var det Olof Rude?

Majoren vände sig mot honom igen. Nu med ett intensivare uttryck i hela sin kroppshållning.

– En stor tragik. Ingen kunde förklara det där. Man landade i att det var självmord, eller ett experiment som slog fel. Han var unik som soldat och verkade klara sig igenom det mesta. Han var utbildad i Skottland och där kallade de honom Lynx som täcknamn. Nio liv du vet.

Majoren satte sig ner igen och såg nu med stort intresse på Lasse.

– Engelsmännen skickade honom på flera uppdrag i Norge, en del säkert livsfarliga. Han rekade bland annat inför sprängningen av Rjukan. Han kunde dock inte följa med under själva sabotaget. Han hade blivit igenkänd innan. Varför de skickade honom till Sverige förstår jag inte riktigt men han var ovärderlig för oss som instruktör. Han motiverade nog de andra också. Han var inte okänd. Honom kommer jag ihåg bäst av alla, han och en norrman som blev avslöjad som tysk spion. Så Olof Rude var far din. Du träffade aldrig honom då?

Lasse svalde. Hans pappa hade varit en krigshjälte.

– Nej major.

– Med all respekt. Vet inte hur bra pappa han blivit.

Major Persson tänkte efter i tystnad innan han fortsatte.

– Han var hård. Man undrar alltid vad det är som formar människor till vilka de blir.

Kapitel 8

Juletid 1963
Hur Lasse hittar spår av en spion på fäboden

LASSE HADE TUR, han behövde inte ha vakttjänstgöring under julhelgen utan fick permis till efter nyår. Fabriken hade stängt samma period så hela familjen var hemma. Det var mycket stök innan julefriden kunde lägga sig. Dagen innan julafton bad morfar honom att ta skidorna och hämta en gran. Han hade kunnat hitta en på närmare håll men han kände att han behövde en lugn stund för sig själv innan allt det sociala brakade loss, så han tog buvägen upp till Vålberget.

Det var vackert när han kom upp, inte ett spår om man inte räknade det virrvarr av harspår och älgtramp som gick kors och tvärs runt huset och ner över lindan. Kanske var där något översnöat människospår? Solen stod lågt på himlen men den gav tillräckligt med ljus för att snökristallerna skulle gnistra som små granar i sig själva mot det vita täcket. Han skidade ner mot myren och valde ut en ganska stor gran men insåg innan han lyfte yxan att den var för stor att ta över axeln om han inte ville se ut som en nåldyna när han var hemma. För en stund pausade han från granletandet och skidade ut på myren. Det var alltså på en sådan här myr som olyckan under kriget skulle ha skett. Med lite fantasi kunde man skönja en större krater eller sänka mitt på myren. Vissa somrar var den väl också vattenfylld om han inte kom ihåg fel. Han tog en annan väg tillbaka över en plantering där han i stället fällde en mer behändig gran och började saxa med de båda stavarna i en hand och granen över axeln uppför motlutet mot fäboden.

På trappan hade han lagt sin ryggsäck med kaffeflaskan. Det var en fin dag, varmare ute än inne i den utkylda stugan så han pulsade de få stegen till lidret och sköt upp de stora dörrarna. Dit in skulle solen nå. Tur att de gick inåt! Det var spår av folk på det grova plankgolvet. Det var inte så konstigt. Det var aldrig låst till lidret och många vandrare och skogsfolk med olika ärenden hade nog detta lider som en välkommen rastplats efter stigningen uppför berget. Det hade alltid varit ett nöje för bröderna att läsa alla hälsningar och autografer på väggarna både i lidret och i det angränsande mjölkrummet, där alla kärl för kvinnornas smör och ostproduktion förvarades. Där hängde smörformar i långa rader, många nog inte använda på flera år.

Det här skulle man kunna skriva en roman om tänkte Lasse. Där fanns hälsningar från fågeljägare som skröt om sin fångst av orrar och det var släktingar som skrev om slåtter. Bygdens spelman och låtskrivare skrev bara sitt namn. Hade han varit här för sin inspiration eller visst hade han bott i något av grannhusen? Vålbergslåten fanns ju i alla fall. Inslaget av religiös väckelse var påfallande, guds fred och dom över människorna måste ha varit mer närvarande förr. Namn han inte kände igen tolkade han som representanter för de utsocknes som turistade i bygden. Några hade skrivit varifrån de kom under sina namn. En familj hade åkt från Västerås. Han lyfte på en smörform och där stod bara ett namn. Erik Stadsnäs-43. Från kriget tänkte Lasse, undrar om han kände Olof? Visst var väl det ett norskt namn? Erik Stadsnäs.

När han kom hem doftade det skinka i hela huset! Märit satt på en stol i köket och såg allmänt belåten ut. Hon njöt av munhuggandet mellan generationerna på Matsolsgården. Modern välkomnade honom och till och med mormor Anna såg glad ut och raljerade lite.

– Var du till Mockfjärd och hämtade gran?

– Nej, jag var upp på Vålberget.

Frågan om fortsatt fäboddrift låg kvar som en konflikthärd och Lasses ord räckte för att molnet över kvinnorna skulle torna upp sig igen.

Det blev nybakt vörtbröd och dopp i grytan till kvällsmat. Trots att det inte längre fanns småbarn i huset var alla lite förväntansfulla inför julen. Ljusen var tända på bordet, vilket fått morfadern att under protest släcka lampan i taket.

– Nu ser man knappt vad man äter, ljus när vi har elektriciteten?

– Det var fint uppe på Vålberget idag.

Lasse tänkte inte låta sig påverkas av mormoderns psykologiska krigföring.

– Var det mycket älgspår, undrade morfar. Vi har ju en vuxen kvar på tilldelningen.

– Ko och kalv i alla fall.

Lasse tänkte efter och tog sats.

– Jag kikade i lidret och såg ett namn jag inte sett förr, Erik Stadsnäs -43. Vem var det?

Karin stelnade till, lade ner sin sked och flackade med blicken innan hon såg på sin mor och svarade.

– Ingen aning. Det är väl någon vandrare, kan tänka.

Hon skrattade till lite nervöst. Lasse såg undrande på sin mor.

– Tycker det låter norskt och -43, kanske någon som låg på Älgberget.

Lasse gav sig inte så lätt.

– Inget namn jag heller kommer ihåg, sa mormodern bestämt och satte punkt för frågestunden.

– Nu ska vi väl smaka på knäcken, så tandläkaren får något att göra.

Mormodern rörde sig med förvånansvärd smidighet över köksgolvet och ställde fram en gammal kaffeburk av plåt full med knäck på det stora köksbordet. Märit sträckte sig fram och klappade henne på armen.

ო

Runt påsk när Lasse gick från matsalen blev han stoppad av major Persson.

– MatsOls, Hur går det med efterforskningarna?

– Det finns en del om Älgberget att läsa men jag har inte hittat något om Olof Rude direkt.

– Nej, norska legationen förde nog så lite journaler som möjligt, kanske det kan stå saker i polisprotokollen? Har MatsOls försökt med det?

– Nej, vet majorn vem jag skulle vända mig till?

– Nej men knalla ner till station och hör dig för. Jag känner ingen där längre.

– Tack majorn. Jo det har dykt upp ett till namn, som kanske låg på Älgberget, Erik Stadsnäs.

– Ok, var har du sett det?

– Han har skrivit sitt namn i lidret hemma.

Majoren tänkte efter.

– Det var tyskspionen. Han fördes till Norge och rättegång där vid krigsslutet. Det var någon i Norge som avslöjade honom. Han umgicks faktiskt ofta med Olof Rude. Kommer inte mor din ihåg honom om han var på fäboden?

– Det står olåst där så det är inte säkert att de alls träffades.

ო

Lasses besök hos polisen i Falun gav inget. För kort tid hade förflutit sedan händelsen för att man skulle kunna begära ut handlingarna. Nu hade han i alla fall två namn. Olof Rude och Erik Stadsnäs.

Kapitel 9

Våren 1940
En familjemiddag i Kongsberg dagen innan anfallet

SÖNDAGSMIDDAGARNA I DISPONENTVILLAN var inget man missade lättvindigt om man var en del av familjen Stadsnäs. Den stora villan låg nedströms Numedalslågen där forsarnas dån och koncentrerade energi övergick till mer av en flodvåg, lika obeveklig i sin rörelse men lugnare och betydligt tystare. Från villan var det heller inte långt till gruvområdet. Inte helt nära för att slippa oväsendet men tillräckligt nära för ett direkt ledarskap över gruvan och dess folk. Kongsberg var en stad som hade silvret att tacka för allt. På samma sätt som nästan alla danska och norska kyrkor hade staden att tacka för allt sitt kyrksilver. Gruvdriften hade startat i början av 1600-talet och hade sin glanstid i slutet av 1700-talet. Nu var de kända silverådrorna sedan länge tömda men berget ruvade ännu på andra mineraler och bergarter, flera värdefulla för en expanderande industri. Lönsamheten hade de senaste åren till och med ökat rejält i takt med rustningarna på kontinenten.

Siris hela tolvåriga uppenbarelse var så ivrig att vilket hembiträde som helst skulle ha svårt att hålla sig för skratt.

– När kommer de? Åker de tåg? Är det både Erik och Sigge som kommer hem?

– Ja, det vet du så väl. Din älsklingsperson kommer hem nästan varje söndag. Stöka inte till dig nu, när jag hjälpt dig med hår och strukit din klänning.

Ylva tänkte att hon även själv såg rätt fin ut, med ny klänning och stärkt förkläde. Håret var omsorgsfullt uppsatt i en knut.

– Är inte du glad Ylva?

– Jo det ska bli trevligt, men det är inte mina bröder.

– Är inte min bror Erik både den snällaste och snyggaste mannen i Norge?

– Du pratar. Gå nu till dina föräldrar och din syster. De sitter i biblioteket.

Ylva log för sig själv. Ibland var Siri som en liten väninna.

Det rum familjen kallade biblioteket låg i fil till matsalen och fungerade i själva verket som familjens informella sällskapsyta. Namnet till trots fanns inga massiva bokhyllor i rummet utan möbleringen gick i modern skandinavisk stil där lätta furumöbler och fåtöljer i de nu så moderna limträkonstruktionerna nästan flöt runt på de ljusa röllakansmattorna. En stor vit flygel gav rummet en modern men också lite kulturell ambition. På notstället kunde man se några lätta nybörjarstycken bjuda ut sig.

Siris lillasyster, bara året yngre, klängde kiknande av skratt i sin fars knä och försökte ta av honom glasögonen.

– Siri hjälp mig!

Ole Stadsnäs, gruvdisponent för Kongsbergs gruvor storskrattade men blev med ens allvarlig vilket flickorna direkt noterade och stojet upphörde genast.

– Nu undrar jag om tåget är försenat. De borde vara här nu! Nu är det väl den sjunde april och den nya tabellen började gälla den första.

Det var en retorisk monolog. Han fortsatte:

– Tåget skulle ha kommit till Kongsberg någon minut efter tolv.

Ole höll andan i en konstpaus.

– Men lyssna flickor. Är det inte cyklar man kan höra på grusuppfarten. Spring ut nu och möt era bröder!

Det gick undan i svängarna, flickorna knuffade till stolar i sin framfart och Siri sprang med en duns rakt in i den öppna halldörren. Under ett kort ögonblick värderade hon sin smärta innan hon tog fart igen för att komma i kapp sin lillasyster. Bröderna såg sina systrar på trappan så de släppte helt enkelt cyklarna i gruset en god bit innan de var framme vid trappan och inväntade systrarna knäande med utsträckta armar. Med ett samtidigt språng kastade sig systrarna nu upp i sina bröders famnar och bjöds genast på en snurr, vilket fick dem båda att ta några snedsteg när de väl sattes ner.

– Välkomna hem, pojkar!

De båda föräldrarna tog emot högst upp på den breda stentrappan och efter sedvanliga moderskramar och manliga handslag med fadern så gick man in i hallen. Bröderna bar båda varsin ryggsäck och när dessa togs av sprang systrarna förväntansfulla fram.

– Jädrans Sigge, nu glömde vi att köpa något!

Erik tittade storögt på sin två år yngre bror.

– Ja men vi kan väl rita något fint i stället.

Sigge hade inte lika lätt att hålla sig allvarlig. Flickorna hade varit med om detta förr och var inte så lättlurade.

– Larva er inte, då får vi leta själva!

De kastade sig över säckarna och började slita i snörena som reglerade öppningen.

– Lugna er! Vi har något, men inte där.

Sigge tog fram fyra polkagrisstänger ur jackfickan.

– De här är från Gränna i Sverige men ni får inte börja snaska innan middagen. Varsågoda! Och mor får också en, här. Sedan har vi en till Ylva!

Sigge räckte stången till Ylva som rodnade av uppmärksamheten och kanske av beröringen då Sigge lät sin hand ligga kvar onödigt länge i hennes.

ᔕ

Middagen var uppdukad i matsalen som vanligt en söndag. Det serverades fisksoppa som förrätt med nybakt bröd och till varmrätt får i kål. Till desserten katrinplommonsufflé. En meny visserligen påverkad av den nya ransoneringen men ändå med rätter som tillhörde mångas favoriter även om rikligt med smör hade lyft det nybakade brödet till ännu högre höjder. Ylva bar fram soppterrinen och vände sig till disponenten.

– Vi har inte hunnit tala om drycker till maten?

– Det går bra med vatten eller mjölk till fisken så tar vi en flaska Beaujolais Royal från källaren till köttet. Ylva vet var den står. Förutom de dammiga flaskorna på hyllan längst in är det ju det rödvin vi har kvar nu.

När Ylva satt ner soppan och gått för att hämta vinet tog samtalet fart.

– Berätta vad ni haft för er sedan sist? Hur är det på era fakulteter? Har ni träffat några flickor? Har ni fått tillbaka några tentamina?

Bröderna studerade båda vid Oslo universitet. Erik läste till bergsingenjör med fokus på gruvdrift och Sigge pluggade medicin, som han brukade säga. Bröderna svarade så gott de kunde innan de blev avbrutna av nya frågor.

Middagen förflöt och värmen från den öppna brasan, vinet och fåret ledde obönhörligen till att tempot i konversationen bedarrade.

– Vad säger man om kriget i Oslo då?

Samtalet tog en allvarligare vändning. Kriget var något som skrämde dem alla. Bröderna tittade på varandra, sedan tog Erik till orda.

– Det talas om att Churchill lägger ut minor i Nordsjön norröver för att få stopp på malmen från Sverige! Det spekuleras om att tyskarna bara kan hålla ut ett år till utan den svenska malmen.

Siri hade koll på Churchill och hade själv funderat på gruvorna i Kongsberg.

– Far, säljer vi malm till Tyskland också så att England vill bomba oss?

– Nej, Siri. Varken Tyskland eller England kommer att bomba oss eftersom vi är neutrala. Vi säljer till alla dessutom. De har nog med strider utan att behöva ge sig på oss. Men om malmen krigar de till havs. Vi har inte så mycket järnmalm som gruvorna i Sverige heller här i Kongsberg. Hoppas de goda relationerna håller i sig med båda stormakterna.

Det sista sa han nog mest för sig själv.

Helga tänkte plötsligt på alla andra mödrar som faktiskt upplevde krig och bomber just nu. Vad sa de till sina barn? Vad skulle hon säga för att trösta sina barn om bomberna föll? Insikten om att allt kunde tas ifrån henne gjorde henne plötsligt orolig och hon kände en tyngd över bröstet.

Fadern fortsatte på sin tråd.

– Det är i alla fall skönt att Erik är klar med lumpen och nu låter de er nog vara när ni är inskrivna på universitetet. När behöver ni åka tillbaka?

– Jag har inga föreläsningar innan den tionde men Sigge du måste väl tillbaka redan i morgon bitti?

– Så är det, sa Sigge och sneglade på Ylva som hastigt mötte hans blick när hon plockade undan de smutsiga faten. Det var uppenbart att hon inte riktigt höll med sin skyddsling om vem som var mest spännande i familjen Stadsnäs.

ꟹ

Erik följde med Sigge till stationen nästa morgon för att ta med hans cykel tillbaka. Nu skulle det dröja någon vecka innan de kunde komma hem igen så det var onödigt att någon skulle lockas att pysa däcken. Det hade hänt förr när de lämnat sina cyklar. Samtalet flöt på bröder emellan under cykelturen. Vägen följde älven uppströms så det gällde att säga vad man ville ha sagt innan de kom för nära forsarna.

– Sigge, det är inte osynligt det ni håller på med. Tänk på Ylva så att hon kan behålla platsen!

– Inget har skett som inte tål dagsljus och förresten kan vi inte hjälpa det.

– Du är som du är du. Vad heter hon som du bjuder på konditori i Oslo?

– Sluta, vi talar medicin. Hon är ju kursare.

– Det kan jag tänka mig att ni pratar om! Stöka inte till i rummet innan jag är tillbaka nu!

I bruset från forsen hörde inte Sigge riktigt slutet av förmaningen men kunde nog gissa sig till det. Andra tankar tog snart över broderns städbekymmer. Hur skulle han hantera detta med Ylva. Skulle någon ta dem på allvar? Ansågs de för unga? Skulle hon vara fin nog i hans föräldrars ögon? Han trodde nog föräldrarna skulle ta det bra. Han och Ylva var överens om att inte låtsas om något innan han var klar läkare, men skulle det gå att hålla saken hemlig?

Kapitel 10

Våren 1940
Det tyska anfallet och det slutgiltiga offret

DEN NIONDE APRIL 1940 skulle alla norrmän minnas vad de gjorde.

Erik hade bestämt sig för att ligga och dra sig lite denna morgon. Han gillade att ligga och låta tankarna löpa fritt och stundtals inte tänka på något, men också att försöka identifiera vilka fågelarter han hörde utifrån denna vårmorgon. Från det öppna fönstret strömmade nämligen en konsert av intensiv fågelsång in. Talgoxar, blåmesar och kanske en grönfink hade han räknat in när upprörda röster trängde upp från nedervåningen. Han fick en olustig föraning och drog på sig sin morgonrock och gick ner. I hallen mötte han sina föräldrar och kontorschef Hansen. Redan i trappan la han märke till att något inte stod rätt till. Hans far var röd i ansiktet och kunde inte stå still. Hansen däremot stod som paralyserad mitt på golvet. Erik mötte faderns blick. Det var oförställd skräck han fann.

– Vad har hänt?

Erik kunde inte vänta tills han nådde hallgolvet.

– Tysken har anfallit oss. Kungen och regeringen är på flykt. Vi har sänkt kryssaren Blucher vid Dröback.

Fadern hade gått in i rollen som disponent med full kontroll men Erik uppfattade ändå den forcerade oro som fanns hos honom och den spänning som låg i luften.

– Tyskland har proklamerat ett fredligt maktövertagande. Det verkar inte ha varit några strider om Oslo men regeringen har utlyst allmän mobilisering.

Faderns käkar var spända och malde fram och tillbaka. Hans mor hade satt sig under telefonen med båda döttrarna vid sin sida. Hon såg mindre ut än vanligt och följde hela tiden sin man med blicken.

Fadern fortsatte:

– Kort sagt det är kaos! Det är kaos!

Först nu hade Erik tagit in vad fadern berättat. Att se sina föräldrar så här omskakade gjorde honom orolig. Och vad skulle hända honom själv? Om det blev krig, skulle han bli inkallad då? Skulle han dö ung, skjuten av någon anonym tysk han kanske inte ens skulle se? Han hade ju inte fått någon krigsplacering efter lumpen. Innebar det att han inte behövde inställa sig? Han måste bryta dessa tankar om sig själv.

– Vad ska vi göra?

– Jag har funderat på det hypotetiskt, om det skulle hända, men nu blir det verkligt och mycket svårare. Hansen kan gå nu, ta upp morgonskiftet ur gruvan och skicka hem alla.

Ole Stadsnäs tittade intensivt på sin fru och sina döttrar men sa inget. Erik fann tystnaden outhärdlig.

– Hur gör vi med gruvan, frågade han.

Erik hade först nu insett betydelsen den kunde ha för ockupationsmakten. Han visste nog vad fadern tyckte men hur skulle det påverka familjen. Vilka risker skulle de behöva ta. Ett fysiskt obehag växte i bröstet. Vad skulle hända med honom själv, med systrarna? Vad skulle hända med systrarna?

Faderns blick vandrade över till sonen.

– Vi behöver se till att gruvan inte kan fortsätta leverera malm till tyskarna. Utan legeringar kan de inte kriga. Och det är du och jag som behöver göra det. Vi kan inte utsätta vår personal för den risken. Vi vet inte hur tysken kommer att reagera efteråt.

Erik kände att han både växte och blev räddare av faderns oåterkalleliga ord. Föräldrarnas blickar möttes. Erik utläste sorg men också livslång kärlek och kamratskap. Efter den ordlösa kommunikationen kom det nog inte som en överraskning för Helga när Ole fortsatte:

– Helga, du får ta och packa varma kläder, filtar och dina smycken. Du får ta med dig det vi har i kassan på kontoret också. Du och flickorna behöver ge er av. Ni får ta Packarden. Erik, ta de två bensindunkarna vi har i garaget och ställ in i bakluckan. Helga du får ta flickorna till Holst i Sverige. Sök upp honom på Bergskollegium i Stockholm eller åk hem till dem i Norberg. Du får försöka ringa på vägen när ni kommit in i Sverige och få kontakt. Flickor, nu behöver ni vara flinka och hjälpa mamma!

De båda systrarna såg allvarliga men samtidigt koncentrerade ut. De nickade båda utan att riktigt förstå innebörden av det fadern sagt men de kände av den otrygghet som fanns i rummet. Mor är rädd, tänkte Siri och började gråta, mor är väldigt rädd.

– Se det som en utflykt, flickor! Här i Norge blir det inte så roligt en tid.

Han vände sig åter till sin fru.

– Åk inte genom Oslo eller över Oslofjorden. Ni får ta vägen väster om Oslo, upp till Hönefoss och sedan ta någon av småvägarna in i Värmland. Du behöver ta det här ansvaret nu Helga.

Helga försökte få rösten att låta stadig:

– Det behöver du inte säga. Jag klarar det, men ni då? Kan vi inte åka tillsammans?

Helga kände sig innerst inne förtvivlad. Varför var han så effektiv och okänslig? Vad skulle de behöva få vara med om? Hennes oskyldiga små flickor, så sårbara. Hon skulle inte kunna skydda dem.

– Nej, vi kan inte åka alla nu. Vi behöver säkra gruvan och pojkarna är nog tryggast på universitetet.

Ole ropade på hembiträdet lite högre än han hade behövt. Ylva dök upp från biblioteket.

– Har du hört? Fru Stadsnäs och flickorna tänker köra till Sverige.

Ylva nickade.

– Jag följer med och hjälper till.

– Det är vi tacksamma för men du behöver inte, valet är ditt. Väljer du att säga upp din plats får du tre månadslöner och goda referenser. Jag kan skriva en check.

– Nej disponenten. Jag följer med.

– Tack Ylva.

Helga var rörd när hon tog sina flickor i handen och vände sig till Ylva.

– Tack Ylva! Vad gjorde vi utan henne. Nu packar vi och gör matsäck så vi kan komma i väg så fort vi kan.

Helga gick som i trans och kände hur hela hennes tillvaro rämnade. Hade hon varit för flat som inte protesterade mer om att inte alla skulle ge sig av? Hon var alltid så mjäkigt när det gällde att sätta ner foten. Men hon insåg också att Ole aldrig skulle ändra sig och på något vis förstod hon att familjen inte heller skulle återförenas. Om Ole var beredd till det yttersta offret skulle hon då göra det svårt för honom? Hon måste sätta flickorna först. Det måste vara en mors yttersta plikt. De kunde ju inte stanna heller, nu när hon förstod vad som skulle hända med gruvan. Sverige alltså. Men Ylva skulle också följa med.

ဟ

Far och son var nu ensamma. Ole gned sitt ansikte med båda händerna och öppnade ytterdörren. Utan att säga något gick de båda männen mot gruvområdet. Ole tog upp tråden igen.

– Vi behöver vattenfylla schakt åtta och nio och gärna det gamla Kungs-schaktet också.

– Far vet vad det innebär, det blir slutet för gruvan. Det kommer att ta en livstid att tömma gruvan på det vattnet.

– Ja, men kanske förkorta detta fruktansvärda krig. Hur skulle du göra för att lyckas?

Erik kände sig både stolt för att fadern gjorde honom delaktig, och nervös. Det här var stort.

– Vi behöver spränga de nedersta fem orterna mellan schakten. Kungs-schaktet kommer att vattenfyllas av sig själv då. Vi har vatten på den nivån. Tar vi fem orter kommer det att gå fort.

– Tack, precis vad jag kommit fram till. Kan det göras med tidsinställd fördröjning. Kan vi använda en klocka som vi gjorde när du skrev din uppsats?

– Vi behöver räkna på mängden dynamit men det borde gå med en klocka. Med en väckarklocka kan vi få en fördröjning på 12 timmar men du minns att vi misslyckades några gånger. Drar vi upp en lång stubin kan vi antända tändhattarna elektriskt som vanligt, är inte det bättre?

– Nej Erik. Jag vill ha dig tillbaka i Oslo innan det smäller. Jag får vara backup själv om den inte antänder. Vi riggar för båda. Hansen är kvar. Be honom hjälpa dig köra ner dynamiten, han är lojal och kommer inte att säga något. Se till att han är hemma och visar sig för grannar vid tiden för explosionen. Ta en låda till varje ort så länge och förbered en samtidig detonation med klockan. Jag räknar så länge om det skulle behövas mer dynamit. Jag skulle bli förvånad, berget är ju som en schweizerost.

Erik lämnade sin far och tillsammans med Hansen transporterade de dynamit, tändhattar och stubin från kassunen ner till de olika nivåerna i gruvan. De var tvungna att göra fem vändor. Att aptera dynamiten nere i gruvan gick på rutin men varje gång de skulle köra ny dynamit över det öppna gruvområdet var de extremt exponerade och Erik mådde fysiskt dåligt vid tanken på att de kunde bli iakttagna. Tänk om de kunnat göra detta i mörker i stället. När de var klara dröjde sig tanken kvar, hade någon sett dem med skottkärrorna? Något som iakttagaren skulle minnas senare och kunde skada hans familj.

ꟹ

Packarden med modern, systrarna och Ylva kom i väg innan tolvslaget och förberedelserna i gruvan var klara tre timmar senare. Det sista de gjorde var att koppla in väckarklockan. Fördröjningen var satt på sex timmar. Om allt gick som beräknat skulle berget under Kongsberg skakas om rejält vid 22.05 på kvällen.

Erik och Ole satt nu båda i köket och åt de rester Ylva satt fram innan hon for med de andra.

– Ta nästa tåg nu Erik. Om det är inställt väntar du och tar nästa.

– Ok, och hur gör far?

– Jag går under jorden och avvaktar lite, tar mig antagligen upp till hyttan på Blefjell. Dit kan jag cykla eller få skjuts. Jag kommer att behöva ta mig till Sverige eller England, i vart fall på sikt. Jag har några andra alternativ och kontakter men ju mindre du vet desto bättre om du skulle bli tagen. Vi skriver till familjen Holst om vi tappar kontakten.

Det lät ihålligt och uppgivet även om fadern försökte förmedla kontroll och kraft. Allt gick så fort, tänkte Erik. Var detta sista gången han träffade sin familj. Han tänkte plötsligt på Sigge.

– Att inte Sigge ringt?

– Tyskarna har säkert klippt ledningarna. Du får träffa honom i kväll. Försök att stärka honom!

Erik hade inte kramat sin far sedan han var liten pojke men nu fann han sig själv i faderns armar. Doften från fadern påminde om när han var barn på något vis.

– Jag är stolt över dig och över Sigge! Det vill jag ni ska veta!

Fadern tryckte Erik intill sig ännu hårdare.

– Ta hand om varandra och lita på ert omdöme. Jag och mor har uppfostrat er till dem ni är nu och kommer att behöva bli! Kom ihåg, det viktigaste är vem man vill vara och ta konsekvenserna av det valet! Kila i väg nu!

Erik orkade inte vända sig om en enda gång när han cyklade nerför grusgången och ut på landsvägen.

Varför skulle han behöva hamna mitt uppe i ett krig?

Kapitel 11

Våren 1940 Gruvan i Kongsberg sprängs med ödesdigra konsekvenser

DE FÖRSTA TYSKA soldaterna anlände till gruvområdet under sen eftermiddag. Mullret från sidovagnsmotorcykeln utanför porten varskodde Ole. Han förekom dem och öppnade ytterdörren. Ur sidovagnen klev en officer, kanske löjtnant om de tyska gradbeteckningarna var som de norska. Tysken gjorde honnör, inte den Hitlerhälsning han sett på journalfilmerna.

– God kväll! Talar ni tyska?

– Ja, hjälpligt.

Ole försökte ge ett trevligt och säkert bemötande.

– Ni har säkert hört att den tyska krigsmakten landstigit i Norge i syfte att säkra era och Tysklands intressen mot den engelska aggressionen.

– Jag har förstått det. Jag har följt det som rapporterades i morse på radion och även den kommuniké Tyskland sänt ut.

Lite knackigt var det med tyskan men det kunde också bero på situationen.

– Bra, vi har varit vid gruvan. Varför är det ingen arbetskraft där? Ni är ansvarig för gruvan?

– Det stämmer, jag är disponent och jag skickade hem alla för säkerhets skull.

Ole kände att han började hitta sin tyska.

– Vi besätter nu gruvområdet så att inte någon engelsk sabotör hittar på något. Jag behöver gruvfolk på plats. Tillgång till nycklar med mera.

– Bra. Jag ska personligen ta ansvar för att gruvan bemannas igen om ni kan garantera arbetarnas säkerhet. Jag kallar in dem i morgon. Vi har slutat med nattskift så nästa lag börjar 05.00. Det är väl bäst att rutinerna fortsätter som vanligt och att ert övertagande inte blir så dramatiskt?

– Precis min mening disponenten. Vi ska nog komma överens. Hur många är ni i hushållet?

– Nu är det bara jag. Min fru och flickorna är på besök i Bergen hos Helgas syster och mina söner studerar i Oslo.

– Ni kommer att behöva hitta en ny bostad. Vi kommer att rekvirera villan som stabsbyggnad. Ni kommer att få ersättning av den norska regeringen naturligtvis. Jag hoppas ni förstår?

– Jag förstår behovet.

Vad skulle han säga?

– Bra men jag vill ha er kvar nu och till hands de närmaste dagarna i huset.

– Kan jag röra mig fritt?

Det här hade gått fortare än han trott, var han redan insnärjd?

– Ja, men ni blir eskorterad tills vi kommit i ordning. Det kommer att finnas en vakt vid dörren som ni anmäler er till om ni ska ut. Kan ni ordna med förplägnad i kväll åt mig och mina officerare. Vi är sex, ät med oss vet jag! Har ni inget tjänstefolk?

– Nej, vi har ett hembiträde men hon är med i Bergen. Men det är inget problem jag ringer en av krögarna i Kongsberg och beställer hit mat.

※

– Varsågoda och sitt.

Ole hade fått krögaren att också låna ut kock och en servitris så maten hade färdigställts i deras egna kök. Det serverades gräddstuvad lever till förrätt och fläskkotletter med ugnsbakade rotsaker till varmrätt.

De tyska officerarna lät sig väl smaka, manskapet hade slagit upp sina tält på gruvområdet och lagade mat där på ett mobilt fältkök.

– Det var gott med lagad mat. Det har varit ett långt dygn. Kan inte tro att vi satt på ett skepp ute på Skagerack i natt. Nå vad säger ni Stadsnäs, hur ser ni på vår ankomst?

– Vad ska jag säga, jag är ju inte insatt i den högre diplomatin. Jag vet inte vad vår regering sagt eller hur de reagerat. Bara att ledaren för Nasjonal Samling, Widar Quisling, under dagen har utropat sig som ny statsminister och ställt in mobiliseringen. Vet löjtnanten vad som händer?

– Inte mycket, det är lugnt i Oslo men regeringen har inte satt sig vid förhandlingsbordet för ett fredligt samarbete utan flytt norrut. Mycket oklokt, det är bara en tidsfråga innan de är infångade och nu kan vi näppeligen lita på dem längre. Det där med Qusling var nog inte planerat. Men vad säger ni själv, ni är ju en utbildad karl och följer säkert med i den internationella utvecklingen. Har ni inte känt Englands aggression i norr som ett hot?

– Jag hade hoppats på en god relation till både Tyskland och England. Fred och frihandel är alltid bäst för vårt välstånd.

– Klokt men ni får ursäkta också lite naivt. Det blir inte mycket av frihandel om England kontrollerar den svenska och norska malmexporten.

En av de andra officerarna tog till orda i den paus som hade följt.

– Säg oss herr Stadsnäs var har ni lärt er så god tyska?

– Tyska är ju ett skolspråk här i Norge om jag får säga så, men framför allt fick jag träna under mina universitetsstudier. Jag läste ett av mina år på KTH i Stockholm och där hade vi en gästprofessor i geologi som var från Berlin. Han tog med mig en termin till Technische Universität Berlin.

– Nästan en landsman. Det behöver vi skåla för! Oberfeldwebel, hämta ett par flaskor snaps från följebilen.

Löjtnanten verkade alltmer tillfreds och avslappnad, kanske över att maktövertagandet ändå gått så lugnt till. I väntan på snapsen bredde småpratet ut sig i ett mer informellt virrvarr över bordet. Hur hade han upplevt Berlin? Servitrisen plockade ut allt använt porslin och bar in kaffe.

Ole sneglade på klockan, den närmade sig. Bara några minuter kvar. Inte en chans att komma loss för att försäkra sig om antändningen, nu gällde det att tidsinställningen fungerade.

– Ursäkta mina herrar men allt drickande gör sig påmint.

Officerarna reste sig artigt när Ole gick ut i hallen till den nyligen installerade vattentoaletten. Allt hände inom bråkdelar av en sekund. När underofficeren kom tillbaka med snapsen och stod med dörrhandtaget i ena handen exploderade Kongsbergs gruva med en öronbedövande smäll. Av rädsla mer än av någon starkare tryckvåg kom tysken infarande i hallen. Ole hade själv tappat balansen när huset riste till av skalvet. Tysken låg över hans ben och genom dörren kunde han se ett stort rökmoln breda ut sig över Kungsschaktet. De hade lyckats! I nästa stund hörde han skrik från matsalen och löjtnanten vrålade i hans öra.

– Vad är detta Stadsnäs? Är gruvan sprängd?

– Jag vet inte löjtnant, jag vet inte.

ಌ

Det blev en lång natt. Han satt bunden i sin egen källare och frös som en hund. De hade lyckats i alla fall. Det kunde omöjligt gå att driva gruvan på mycket lång tid. Men det egna läget var hopplöst och vad skulle hända om de tog Helga och barnen. Skulle hon och barnen drabbas av hans beslut och gärning? Hans små flickor. Skulle han själv klara en tortyr utan att erkänna? Han hade inga illusioner om vad som hände i krigstid. Och kunde han lita på Hansen? Kunde de inte ha klarat sig utan honom?

Han var bunden med en bogserlina från garaget och satt surrad mot det nya avloppsrör de dragit in vid installationen av vattentoaletten. Det skulle inte gå att rycka loss röret men det var heller inte flykt som upptog hans tankar. Det fanns nog bara ett sätt att undkomma det Gestapo han hört talas om. Han kände kanten på det han gissade var en renslucka. Skulle den kanten vara vass nog om han lyckades pressa ner ena handledens pulsåder dit? Han började vrida handlederna så att repets position ändrades. Nej, han lyckades inte få det tryck som behövdes mot pulsådern.

Källardörren öppnades. Hade han sovit? Kanske. Löjtnanten, en vakt och en tredje man klädd i en lång parodisk svart läderrock ställde sig framför honom. Löjtnanten gjorde en kort presentation.

– Det här är Herr Bauer från Geheime Staatspolizei.

Bauer log och kröp helt nära Ole.

– Vi har förhört Hansen hela natten. Han var en svår nöt att knäcka men nu vet vi hur det här gick till, inte sant Stadsnäs? Det här ser inte bra ut för er. Jag vet inte om vi kan lita på Hansen. Vi kommer att ta er till vårt förhörscentrum så snart vi är installerade. Vi behöver jämföra era berättelser.

Ole var uppgiven men han måste försöka in i det sista, för sin familjs skull.

– Varför är jag bunden i min egen källare. Jag protesterar, tror ni att jag sprängt min egen gruva?

– Ja, enligt Hansen är det så. Ni och han körde dynamit hela eftermiddagen. Ni hade riggat en klocka. Gick det till så?

Vad skulle de nu jämföra? Hade tysken blivit för ivrig?

– Ja, så gick det till. Eftersom vi var ensamma så kunde vi jobba ostört.

– Var det så, var ni ensamma?

– Nej, vi samlade hela Kongsberg, vi ville ha publik.

Örfilen kom blixtsnabbt följt av en spark i sidan på Ole. Doften av läderjackan var tydlig då mannen lutade sig över Ole och med ett leende viskade:

– Vi har våra metoder, räkna med att i morgon har vi inga hemligheter för varandra.

Han vände sig om och gick mot trappan. De båda andra tyskarna såg ut att vara illa till mods ut men följde efter honom.

Han blev ensam igen. Rummet hade bara ett litet fönster för att i alla fall möjliggöra vädring och var därför skumt. Gråten som vällde upp gick inte att stoppa. Han blundade och kunde inte tränga undan tankarna på vad de gjort med Hansen för att få honom att prata. Och Hansen, han hade kanske räddat Erik i alla fall? Om han nu inte själv brast. Ljudet från källardörren fick honom att försöka skärpa sig. Det var löjtnanten som kom ner. Han tryckte en näsduk mot ögonen och näsan på Ole.

– Seså, snyt er nu.

Ole snörvlade men snoret smetades snarare ut på kinden än landade i näsduken.

– Stadsnäs, jag vill att ni ska veta att jag finner denna situation olustig. Men det ni har gjort var under mitt ansvar. Jag hade ansvar för att bevaka gruvan och ni spränger den när vi sitter och har trevligt. Vilket svek.

– Det var inget personligt, jag hade börjat uppskatta er.

En tanke föddes hos Ole.

– Men ni måste förstå. Jag agerar utifrån en plikt att försvara mitt land. Jag hade gjort samma sak om det var England som anfallit oss.

– Vi har inte anfallit er, då hade ni märkt det. Det kan jag lova.

– Ni måste förstå mig. Hur skulle ni själv ha agerat i mitt ställe?

– Nu är jag inte i ert ställe.

Efter en längre stunds tystnad fortsatte löjtnanten.

– Vi inom Wermacht uppskattar inte alltid Gestapos metoder. De är en skam för Tyskland. Jag har svurit min soldated för att bekämpa kommunismen och Tysklands fiender på slagfältet. En källare är inte riktigt min melodi.

– Vad kommer att hända med mig?

– De får er att berätta allt och dessutom allt det ni tror de vill ni ska berätta. De torterar er på alla sätt. Ni vill inte veta.

– Och då har jag ändå redan erkänt.

– Det kan inte Gestapo nöja sig med.

– Jag är beredd att ta mitt straff men jag vill göra det på ett redbart sätt. Skjut mig.

– Det skulle se ut. Är du så enfaldig att du tror att en löjtnant bara kan skjuta en Gestapofånge.

– Jag ber er. Om jag försökte fly?

Löjtnanten lämnade honom utan att svara.

Nästa gång dörren öppnades var de åter tre. Gestapomannen förde talan.

– Då så, då ska ni på förhör. Res upp honom och låt honom få fart på lederna så vi slipper bära honom.

Vakten fick uppbåda alla krafter för att resa upp Ole efter det att repet skurits av. I stället satte vakten på honom handbojor. Kalla och tunga var de. Ole fick stå en stund och försökte få lederna att mjukna upp. Han stapplade till men återvann balansen. Vakten stod bredvid honom och ett par meter framför honom skymde läderrocken ljuset som trängde in genom dörren. Löjtnanten drog sig bakåt och tittade på Ole. Var det ett samförstånd? Ole visste inte men nu höll snaran bokstavligt på att dras åt helt. Han måste försöka. Avståndet fram till tysken i dörren var lite för långt. För att vinna en meter, stapplade han åter till och tog några steg framåt och sjönk ner på huk. Språnget kom överraskande. Han satsade all kraft han kunde uppbåda och siktade in sin skalle mot tyskens ansikte. I smällen när skallarna slogs ihop hörde han också ett kras när näsbenet på tysken gick av.

Smärtexplosionen var blixtsnabb och säkert intensiv men i samma ögonblick som den överrumplade Gestapo mannen registrerat vad som hänt var disponent Ole Stadsnäs död. Smällen från löjtnantens Luger rullade länge runt i källaren.

Kapitel 12

Våren 1940
Kvinnornas flykt på vägarna mot Sverige

SIRI FICK SITTA bredvid modern i framsätet och Ylva med lilla Lotte satt i baksätet. Flickorna hade svårt att sitta still och det knarrade av lädret i skinnklädseln när de ömsom tittade åt höger och vänster. När de lämnat Kongsberg bakom sig föreslog Ylva:

– Ska vi göra en tävling? Den som ser en ko först får tre poäng och den som ser en traktor får två poäng. Vad ska vi ha mer?

– En cykel kan ge ett poäng.

Siri hade vänt sig om i sätet och tittade förväntansfullt på Ylva.

– Vi kör till tio poäng sa Ylva. Siri du får hålla räkningen på poängen.

Tänk ändå vad barn klarar av, tänkte Helga, de har något slags självbevarelsedrift. De följde väg 40 norrut längs älven. Helgas första anhalt var Rödberg och därifrån tänkte hon ta en mindre väg upp mot Leira. Skulle hon orka köra hela natten? Antagligen inte och Ylva hade aldrig kört bil. De skulle nog behöva övernatta i bilen. Det skulle gå bra men hon tänkte hålla ut och köra så länge hon bara orkade. De hade mat och flera glastermosar med varm choklad. Det borde vara säkrast att övernatta långt från gårdar och hus.

Hon försökte styra sina tankar mot praktiska frågor men under ytan låg de helt avgörande frågorna. Var hade tyskarna satt upp vägspärrar och hur fort skulle dessa komma upp? Hon och Ylva hade bestämt att om de blev stoppade innan de kom till Leira skulle de säga att de var på väg till systern i Bergen. Därefter skulle de säga som det var, att de skulle besöka affärsvänner i Sverige och därmed inte var riktiga flyktingar.

De var vid Leira vid tretiden. Efter kisspaus och matsäck i en skogsbacke fortsatte färden mot Dokka. De skulle behöva ta sig över Lågen någonstans norr om Mjösa. De hade faktiskt ännu inte sett några tyskar. Både Ylva och Helga började känna sig allt bättre till mods. Nu hade de nog åkt halvvägs. Ylva berättade en dråplig historia om en av gruvarbetarna hon hört om och de skrattade alla. De for norrut vid Dokka för att undvika Gjörvik. Det fanns en bro ett par mil norröver som skulle ta dem över det största hindret.

De hade inte kört mer än några kilometer förrän de insåg att något var fel. De mötte nu bilar i en strid ström. Något hade hänt. När den mötande kön stannade upp vevade Helga ner sitt fönster och kunde fråga vad som hänt. Den mötande bilföraren, en äldre herre med bilen fylld med väskor, berättade att bron över älven var sprängd och att tyskar dirigerat dem mot Görvik. Man måste nu istället ner mot Eidsvold för att komma runt Mjösa. Helga försökte värdera situationen. Närmare Oslo och de stora riksvägarna innebar säkert fler tyskar men de verkade ju inte stoppa flyktingarna. Skulle hon åka österut för att sedan ta sig norrut och in i Dalarna eller fanns det ännu ett tidsfönster så de kunde smita ut närmaste vägen till Sverige? De skulle snart behöva tanka. Det var också en aspekt. Packarden drog nästan två liter milen.

Efter att ha talat med Ylva valde de att följa med strömmen ner mot södra änden av Mjösa. Det var mycket trafik så färden blev ganska ryckig. Ibland rullade det på, ibland uppstod det viss köbildning. Det flöt inte på lika bra längre och efter en timme hade de bara tillryggalagt ett par mil. Så blev det stopp. Kön stod helt stilla.

Efter en halvtimme kom en tysk militärbil i motsatt riktning. Den körde mycket sakta och studerade passagerarna i den stillastående kön. Efter en stund kom de tillbaka och körde nu om kön i snabbare fart. Helga gissade att de varit till slutet av kön och informerat sig. Ingenting hände och folk började lämna sina bilar för att sträcka på benen. En viss kalabalik utbröt när fyra tyska störtbombare flög över dem på ganska låg höjd. Flickorna reagerade bra, de blev nog mest nyfikna på planen. Nu skulle de ha något att berätta om för sina skolkamrater och bröder.

Skulle de försöka baxa sig ur kön och vända? Innan de bestämt sig såg de den tyska militärbilen igen. Nu skrek ett befäl i bilen att alla skulle passera en vägspärr innan de fick fortsätta riksvägen västerut. Han meddelade också att ingen fick vända, detta för att inte skapa trafikstockningar mot Oslo. Fler fordon följde efter med uppdrag att upprätta en till vägspärr i motsatt färdriktning. ”Ni får vänta här så lotsar vi i väg er successivt västerut.” En kvinna med Oslodialekt påpekade det olämpliga i att behöva övernatta i bilen med små barn. Tysken hon tilltalat visade ingen större förståelse.

– Det får ni ta på eget ansvar. Ni kunde gott ha stannat hemma.

De blev stående i kön hela natten. De hade inte frusit nämnvärt och flickorna var på gott humör. Några landsmän hade tänt brasor de kunde värma sig kring. En kvinna hade samlat barnen i de närmaste bilarna och sjungit barnvisor med dem. Siri hade tröttnat ganska fort och låg fortfarande i Packarden. Alla Helga talade med skulle försöka ta sig in i Sverige.

Vid åttatiden hörde de den tyska militärbilen igen. Nu informerade man om att vägspärren skulle öppna och att alla skulle ha sina papper klara.

Helga var medveten om vad som kanske hänt i Kongsberg under föregående kväll men hon bedömde att alternativet att säga att de inga papper hade var sämre än att hoppas på att de inte reagerade på hennes namn. Inte kunde de ha sådan koll. Det måste ha hänt hur mycket som helst det första dygnet! Inte ens tyskarna kunde väl vara så effektiva? Varför hade de inte hunnit längre i går?

Efter ett par timmar var de framme vid vägspärren. Helga kände nervositeten stegras. Hennes händer blev svettiga mot bakelitratten och hjärtat slog som om hon sprungit uppför en backhopparbacke. Flickorna började också bli oroliga. Hon hade förklarat vad som skulle hända men flickorna satte ändå i gång och frågorna haglade. Ylva gjorde sitt bästa för att lugna dem och började berätta om en resa hon gjort en gång till Trondheim.

Alla bilar Helga kunnat se framför sig hade passerat spärren och släppts igenom. Nu gällde det. Bara de kom igenom kunde de fortsätta in i Sverige. Då skulle det finnas fler vägar att välja mellan in i Värmland eller in i Dalarna, lite längre norrut. Nu var bilen före framme. Efter ett par minuter fick den åka vidare. Helga tänkte bråkdelen av en sekund att hon skulle köra rakt igenom spärren. Packarden var stor och tung och säkert snabb. Nej, det vore deras dom.

– God morgon era papper tack.

Vaktbefälet såg snäll ut och var inte nämnvärt stressad trots den långa kön. Helga la märke till att han hade ett stort födelsemärke på halsen.

Helga och Ylva gav honom sina papper. Båda log vilket Helga samtidigt skämdes lite över. Vilka våp.

– Vart ska ni?

– Sverige, svarade Helga efter att ha harklat och samlat sig. Vi ska sammanstråla med min man som gör affärer där. Vi ska till Stockholm.

Helga kunde inte slita blicken från födelsemärket.

– Jaha, fler flyktingar. Varifrån kommer ni?

Helga fick en ingivelse och svarade:

– Drammen.

– Det står Kongsberg i era papper.

– Ja, men vi har flyttat nyligen till Drammen.

– Vad arbetar er man med?

– Han importerar trävaror, mest till finsnickerier.

Tysken tittade nu på Helga med ett större intresse. Han instruerade en vakt att kolla bakluckan. Vakten lyfte ur och visade upp jeepdunkarna, innan han satte ner dem vid sidan av vägen.

– Ett ögonblick.

Det vakthavande befälet gick till ett bord vid vägkanten och snurrade några varv på fälttelefonen som var ansluten till den kopparledning som löpte längs vägen. De hörde inte vad han sa. Samtalet drog ut på tiden och någon bakom dem i kön tutade vilket fick en av vakterna att marschera vägen ner för att skapa ordning i bilkön igen. Nu kändes det som en evighet.

– Nu vill jag åka mamma!

Lotte var orolig men kanske mest otålig nu efter så många timmar i bilen. Helga kunde inte förmå sig att svara. Hon var snustorr i munnen och halsen sved. Hon fick inte fram ett ord. Det tyska befälet lade på och talade snabbt och tyst till de soldater som med gevären på axlarna bemannade vägspärren. Två av dem gick nu i rask takt fram till bilen och öppnade dörrarna där Helga och Ylva satt.

– Ni får följa med oss. Lämna nycklarna i bilen. Ta varsin flicka.

Helga hade svårt att hålla sig lugn. Paniken var nära.

– Varför ska vi följa med?

Det var Ylva som hade sinnesnärvaro att fråga. Ingen av vakterna förstod naturligtvis norska men innebörden gick nog fram ändå. Det vakthavande befälet svarade artigt.

– Kongsberg är med på listan över dem vi kontrollerar lite extra. Därför behöver ni följa med. Vi behöver tala lite mer med er och kontrollera era uppgifter. Vi ska ta er till Oslo. Namnet Stadsnäs fanns också på listan.

Nu grät båda flickorna och klängde sig fast vid sin mor.

Kapitel 13

Våren 1940
Erik återser sin bror i Oslo och får ett tyskt ultimatum

TROTS TYSKARNAS ANFALL gick Eriks tåg enligt tidtabell. Enligt konduktören skulle inget ställas in. Regeringen hade dock rekvirerat ett tåg på förmiddagen och åkt norrut. Konduktören hade gladeligen berättat allt han visste för alla intresserade. Det var inte fler resande än vanligt. De flesta ville nog lämna Oslo och inte resa dit, tänkte Erik.

När Erik kom hem till hyresrummet var Sigge inte hemma. Han la han sig på sängen och stirrade upp i taket. Utan att reflektera rullade han ihop sig i fosterställning och borrade in huvudet under kudden. När Sigge väl kom in var denne exalterad och full av energi.

– Hej Erik, hur är det hemma? Mina vänner på fakulteten sa att gruvan i Kongsberg har exploderat.

– Är det sant?

Erik hade varit så spänd. Han reagerade med motstridiga känslor.

– Jag har mycket att berätta Sigge.

Erik redogjorde omsorgsfullt för allt som hade hänt under dagen. Sigges upprymdhet var som bortblåst.

– Mor, flickorna och Ylva är ute på vägarna och far spränger gruvor mitt framför ögonen på tyska krigsmakten!

Sigge hade svårt att ta in mer nu.

– Vi måste få reda på vad som hänt alla! Och Hansen?

– Ja Sigge, det är nästan det värsta. Vi drog verkligen in honom i detta. Jag och far hade en fri vilja. Hansen skulle aldrig vägra att lyda far. Vad som helst kan hända nu. De kan ta far, Hansen och även oss. Far menade att vi var säkrast på universitetet. Men Hansen, honom tog tyskarna alldeles säkert till förhör. Han bor ju på gruvområdet.

Sigge svor till.

– Min handledare i seminariegruppen har låtit oss förstå att han kommer att ansluta sig motståndsrörelsen, sa han ivrigt. Ska jag be honom om hjälp att fly. Vi kan ta oss till Sverige kanske?

Erik blev tyst och såg plågad ut.

– Ja, det är kanske, det bästa. Sverige. Har mor klarat sig så borde hon vara i Sverige senast i morgon. Och far …

Samtidigt sa honom hans instinkt att inte bara rusa iväg. Han var trots allt den äldste av dem.

– Nej jag vet inte. Det kanske ändå är bäst att vi ligger lågt innan vi vet vad som hänt familjen. Kanske misstänker de inte far. Eller vad tycker du?

Sigge såg villrådigheten i hela Eriks gestalt.

– Vi kan väl börja planera i alla fall. Jag kan packa åt oss och skaffa proviant. Det ska finnas flyktvägar som är planerade ifall vi skulle bli ockuperade. Jag kan kolla i morgon bitti.

Erik svarade inte utan nickade bara. Han såg mycket trött ut.

– Då har Hansen verkligen tagit smällen för laget, tillade Sigge. Han lät som om han tyckte det var en storartad handling.

Erik reagerade på Sigges tonfall.

– Vi har ödelagt en människas liv. Kanske undertecknat hans dödsdom och äventyrat hela hans familjs säkerhet. Det är inget storartat med det.

– Men tänk på hur många liv han kanske räddat om han förkortat kriget.

Sigge kunde inte släppa sitt heroiska perspektiv.

– Det är ingen räkneuppgift där ett liv är försumbart bara man räddar tusenfalt. Det är jag och far som har det på våra samveten. Varje liv måste vara heligt. Vi har inte den makten att bestämma över liv och död. Vi är inga gudar! Varje liv är okränkbart och heligt, det var så vi borde ha tänkt.

– Men Erik, så tänkte uppenbarligen inte far.

Erik svarade inte utan vände sig om och stirrade in i väggen. Sigge lät honom vara men kunde inte släppa tankarna på fadern, sin mor, flickorna och Ylva. Bara de klarade sig till Sverige så skulle i alla fall han ta sig dit också.

Det blev lite sömn den natten. På morgonen gick Erik in till deras hyresvärd och frågade artigt om han kunde få låna telefonen. Han var orolig för sina anhöriga i Kongsberg. Efter kanske fem signaler svarade en man på tyska. Erik lade snabbt på luren.

– Det var ingen hemma, sa Erik bekymrat till sin hyresvärdinna.

– Så kan det vara, han eller brodern får gärna låna telefonen igen.

De behövde få upplysningar annars skulle de bryta ihop fullständigt. De behövde också värdera sin egen situation utifrån vad som hänt föräldrarna. De kom fram till att de skulle dela på sig. Sigge skulle förbereda flykten till Sverige och försöka hitta en tidning som kunde ha nyheter om Kongsberg och Erik skulle försöka hitta en telefon de kunde använda mer ostört. De kände inte sin hyresvärd tillräckligt bra för att delge henne alltför många pusselbitar.

Erik begav sig till telegrafstationen. Utanför entrén stod tyska vakter och en stor grupp tyskar satt och rökte på den breda stentrappan. Erik stålsatte sig och ställde sig i kö för en telefon. Kön rörde sig knappt och han började känna sig kissnödig trots att han gjort ifrån sig innan han gick. Ha kunde inte bara lämna kön. Han bet ihop och försökte tänka på annat.

– Adjö på dig! Han hörde äntligen framförvarande dam avsluta sitt samtal. I fickan höll han alla mynt de haft i lägenheten, nu alldeles varma och nästan blöta. Telefonen kunde vara avlyssnad men vad var inte naturligare än att vara orolig för sin familj? Han tordes inte ringa någon med koppling till gruvan. Han ringde helt enkelt prästen i Kongsberg. Erik hoppades att prästen skulle kunna placera honom. Nog måste han känna till far i alla fall.

Han fick först tala med en pastorsadjunkt men när han presenterat sig kom snart prästen till telefonen.

– God dag på dig Erik. Hur kan jag hjälpa dig?

– Jag får inte kontakt med mina föräldrar. Jag och min bror studerar ju i Oslo och har hört rykten om gruvan. Vet ni något om vad som hänt?

Erik lyckades hålla sin röst stadig och gjorde en paus för att släppa in prästen.

– Det var en förskräcklig explosion i gruvan sen kväll igår. Det är ingen hemlighet för någon i Kongsberg. Frågar han om sin familj har jag ingen vetskap. Han får väl fortsätta att ringa.

– Tack i alla fall.

– Tack min gosse.

Då vet vi det tänkte Erik. De hade lyckats! Kanske var det goda nyheter att prosten inget visste om far.

På kvällen slog kvällstidningarna till med svarta rubriker på löpsedlarna. ***Kongsbergs gruva sprängd i engelskt sabotage!*** Erik köpte alla kvällstidningar och begav sig hem till rummet. En stor svart

Mercedes stod parkerad mitt emot deras entré. Man såg annars inte många bilar i Oslo. Det var vanligare med trupptransportfordon.

Nästa morgon drog Erik på sig sin jacka och sprang ner för trapporna för att få tag på en morgontidning. När han slog upp ytterdörren var det första han reagerade på doften av sur cigarettrök, sedan tog någon honom ganska bryskt i armen samtidigt som en annan man öppnade en bildörr och tryckte in honom i bilen.

– Vi vill tala med dig.

Tysken förutsatte att Erik talade tyska. Därefter blev det tyst. Erik kände kylan i bilen och närheten från de bägge männen som flankerade honom. Han försökte hindra benen från att skaka. Tankarna snurrade runt i hans skalle. De måste ju veta något. Vad kommer att hända?

De körde upp mot Holmenkollen på de vindlande vägarna där de praktfulla husen låg inbäddade i stora trädgårdar. Varför ville de ut i skogen? Hans återkommande tanke var: De tänker skjuta mig! Erik förstod att han var farligt nära panik, han fick inte låta tankarna skena nu.

De stannade på parkeringen vid hoppbacken. Inga människor syntes till.

– Vi vet vad er far planerade och genomförde.

Tysken som inte presenterat sig lät orden sjunka in. Han såg alldaglig ut, var civilt klädd och hade kunnat vara vem som helst. Han är naturligtvis tysk polis av något slag, kanske Gestapo, tänkte Erik. Han förstod att tystnaden var ett medvetet val för att göra honom nervös men han stålsatte sig och sa inget. Till slut fortsatte tysken.

– Er far är död. Han dog under sabotaget. Herr Hansen är förd till Akershus för att dömas för sabotage. Han blir hängd.

Erik stirrade på mannens mun där orden nästan skreks fram. De nådde honom med sin fulla kraft. Tysken fortsatte utan att låta sig hejdas.

– Jag kan inte nog understryka vilken fientlig handling detta innebär både mot Norge och Tyskland och den nya världsordning vi nu skapar. Hela er familj dras naturligtvis med i det beslut er far tog. Ni måste nu alla betraktas som fiender. Er mor och era systrar hindrades att fly och fördes igår från Mjösatrakten till Grini, vårt interneringsläger för landsförrädare och andra brottslingar.

Erik hörde mannen som om han försvann allt längre bort men innebörden blev ändå ruskigt tydlig. Mor! Systrarna! Far! Detta var slutet. Hade det varit värt det?

– Det naturliga vore naturligtvis att sätta er och er bror Sigvard på Grini också. Men så kommer det inte att bli.

Den här konstpausen var lika plågsam som den förra. De kommer att skjuta mig, nu är det över, tänkte Erik.

– Vi kommer att låta er vara och fortsätta studera på universitetet. Vi kommer att träffas då och då och prata om hur ni har det. Någon flykt till Sverige blir inte aktuell om inte vi säger det.

Erik harklade sig och försökte få rösten stadig.

– Nu förstår jag inte? Ska jag spionera åt er på något sätt? Vad kommer att hända med mor och mina systrar?

– Flera frågor. Inget kommer att hända dem, de är trygga där de är så länge ni gör som vi säger. Det är hela poängen, att ni gör som vi säger. Ni behöver inte spionera utan nu vill vi bara lära känna er. Vi kan hjälpa varandra. Det enda vi kräver för att er familj ska vara säker är att ni träffar oss enligt våra instruktioner och att ni inte berättar för någon om vårt samarbete, inte ens för er bror. Ni ska båda fortsätta som vanligt, stanna i Oslo och studera klart. Både du och din bror.

– Min bror kommer att märka det. Det kommer inte att gå att lura honom.

Erik tänkte på den planerade flykten.

– Känner ni till något om Ylva Brorsson, som var med i bilen?

– Grini, hon också. När det gäller er bror överlåter jag den saken åt er. Det ligger i ert intresse att lyckas.

Mannen log. En ny tystnad följde. Erik bröt den.

– Kan jag på någon officiell väg få reda på att mor är fängslad? Kan vi få träffa dem?

– Det är inget pensionat, vi har inga besökstider. Men Röda Korset registrerar alla vi internerar så ställ en fråga till dem.

Erik såg trotsigt på den motbjudande mannen.

– Och om jag vägrar att lyda er?

– Då kommer ni aldrig att få se er familj igen. Det är ert val.

Det var inget val.

Kapitel 14

Sommaren 1964
Lasse med flickvän gör en utflykt till Älgberget

MILITÄR UTRYCKNING CIVILA kläder, eller MUCK, hetsade inte Lasse lika mycket som de andra i årgången. Han hade trivts bra i lumpen, inte som någon stridis, men han hade i lugn och ro fått tänka lite på sin framtid och kommit fram till vad han ville söka för utbildning. Han hade sökt fysik vid Uppsala universitet. Visserligen skrämde Uppsala lite och han var osäker på om han skulle trivas på bortaplan. Men Annelie skulle också söka dit. Det var nog rätt ändå.

En vänskap med en klasskamrat på läroverket hade nämligen utvecklats till något annat. Annelie och han var väl ett par nu. De tillbringade många kvällar på olika konditorier i Falun och spenderade Lasses dagsersättning i jukeboxarna. Annelie retade honom för hans kärlek till rock och raggarstuket. Hon var mer sofistikerad eller modern, ville hellre sjunga med än dunka näven i biltaket. På Radio Luxemburg hade hon hört en ny grupp och gick nu och väntade på det svenska skivsläppet. De hade sagt på skivaffären att den nog skulle komma efter midsommar. LPn hette Please, please me. Inte samma drag som riktig rock, tyckte Lasse.

Med Annelie kände han sig fullkomligt trygg och kunde tala om sina funderingar kring sommaren -43, sådant som det fortfarande var så svårt att kunna tala om hemma. Hans mor verkade tycka att hon nu berättat det hon behövde.

Det var Annelie som uppmanade honom att de skulle göra en tur till Älgberget och se vad som fanns kvar. De tog sällskap en fredag eftermiddag på bussen till Dala-Floda. Lasse ville först presentera Anneli för sin familj, innan de gav sig upp på berget. De steg av vid kyrkan för att sedan promenera över älvbron mot Hagen. Annelie kunde inte påminna sig att hon någon gång stannat i Dala-Floda, bara passerat på väg till Sälen. Nu fick hon gå över den hängande träbron med Lasse som ivrigt berättade om byarna i Floda och pekade ut Hagforsen, där stora timmerbrötar började anhopas av allt det timmer som nu flöt under dem. Lasse sa att de nog tippat timmer i älven uppe i Källbäcken nu på morgonen. När de kommit till brons mitt såg de en större bil som stannade vid brofästet.

– Det får bara passera en bil i taget, sa Lasse och vände sig bakåt där en annan personbil nu körde upp på bron.

Annelie pressade sig mot räcket och tänkte att hon skulle ha kunnat klappa bilen på taket. De gick sedan längs älven förbi det som var Flodas hembygdsgård. Lasse tog henne i handen och ledde henne ut på en ännu mindre hängbro.

– Det här är kärleksön och kärleksbron sa Lasse tittade på Annelie lite generat och beseglade utsagan med en lång kyss.

Lasse torkade av sitt ansikte med ena handen. Fukten i luften bildade en rök som blev till vatten på deras skinn. Han skrattade och lät sin hand söka Annelies svank. Med milt våld drog han henne med sig tillbaka till landsvägen.

När de börjat gå nerströms längs byvägen kände Annelie som om det stod folk bakom varje gardin och spejade. Hon sa det till Lasse som för att reta henne lite nu höll henne extra nära och dessutom drog det ena benet efter sig på ett sätt som hon trodde han kanske tyckte var kul.

MatsOls gården låg i slutet av byn och där var det full fart. På gårdsplan höll morfar på att koppla av och baxa in ett släp i lidret när de kom. Han strök av sig BP-kepsen med plastskärm och handhälsade artigt efter att ha strukit av sig eventuell smuts på skjortmagen.

– Du ska vara riktigt välkommen till Hagen. Mor din, Lasse, har bäddat åt Annelie i norra rummet så där kan hon ställa ifrån sig väskan. Ja du Lasse, det blev buffring i alla fall. Jag körde upp mormor din med fyra kor här på morgonen. Hon är som ett dibarn, behöver avvänjas. Men mor din är klar med det kapitlet verkar det som.

– Kom Anneli ska du få träffa de andra. Mina bröder är nog hemma.

Modern höll på i köket och sken upp när de kom in.

– Jag tyckte jag hörde någon på gården. Välkommen hit! Lasse har låtit så glad sedan han träffade dig. Han kan vara en riktig surpuppa annars.

Karin boxade retsamt till Lasse i magen samtidigt som bröderna nu rasade nerför trappan. Lasse ställde sig som en sköld mellan dem och Anneli, som skrattade.

– Detta är bröderna förstår jag.

Hon kikade fram bakom Lasse som svarade:

– Ja och de är lite omogna och mor har väl inte lyckats fostra dem riktigt ännu. Har dem mest i hundgården.

Bröderna uppförde sig dock och handhälsade på Anneli.

– Sven, jag är mellanbror och detta är minstingen.

– Bosse.

Bosse strök tillbaka sitt långa hår och såg belåtet att Anneli hade lagt märke till frisyren.

När fadern kommit hem från fabriken lite senare åt de kvällsmat. De gjorde då upp om att Lasse skulle få låna bilen för deras tur till Älgberget nästa dag.

– Vad ni nu ska dit och göra, sa modern. Där är inte mycket att se. Någon sorts anstalt för rattfyllon. Akta så ni inte blir kvar.

Det var nog tänkt som ett skämt men åtföljdes inte av något leende. Annelie kände direkt av den spänning Lasse beskrivit.

– Har du också körkort Annelie?

Per gjorde som vanligt sitt bästa för att släta över och återfå stämningen.

ഗ

Nästa morgon begav de sig mot Älgberget. Strax efter att de passerat över älvbron stannade Lasse till för att visa Strandbacken.

– Det här är vår dansbana. Kom tar vi en svängom!

De gick en runda och Annelie jämförde med Folkets Park på andra ställen hon varit på med sin far under uppväxten. Hon saknade referenserna till arbetarrörelsens historia som han så stolt visat henne. Hade denna park andra rötter?

Asfalten tog slut efter Mossel så de tog det ganska lugnt. Lasse pekade ut fina badplatser på vägen men ännu var det för kallt i vattnet. Annelie uppskattade avståndet till Älgberget till högst ett par mil. När de kommit till vad som kanske var en parkering stannade Lasse till. En mindre väg slingrade sig fram en bit bort.

-Här fanns det en portal under kriget och norska vakter, upplyste han.

– Att de inte har satt upp någon informationstavla!

Annelie menade att detta ändå var en så viktig plats för så många, inte minst för norrmännen själva.

De åkte en bit, lite oroliga för att störa den verksamhet kriminalvården nu hade på platsen, och parkerade vid en avstickare och promenerade vägen uppåt. De hus som användes som anstalt var relativt nymålade, andra hus verkade övergivna eller i vilket fall inte så nyttjade längre. De flesta husen såg dock likadana ut. Rektangulära lådor med sadeltak med två fönster på varje långsida och dörrarna orienterade mot samma håll. En enkel skorsten skvallrade om att där funnits en kamin för värmen. Ju längre upp för backen desto fler plintgrunder kunde de se. Bakom området där de rivna barackerna stått såg man resterna av en fotbollsplan. Någon hade ganska nyligen röjt slyet även om gräset nu var tovigt och inte blivit klippt på länge. De hittade också en öppen yta med ett flaggstångsfundament.

– Undrar om det här var något slags samlingsplats, de kanske hade sina uppställningar här.

Lasse funderade och vände blicken mot toppen av berget.

– Det ska finnas ett luftbevakningstorn högst upp där de spejade efter tyskt flyg under kriget. Ska vi gå dit och se om vi kan komma upp i tornet?

Annelie nickade, hon kände att detta betydde mycket för Lasse.

– Det var här din mamma träffade din riktiga pappa då?

– Ja, det kanske var i matsalen eller på vägen här. Här var som ett eget litet samhälle. Affär, sjukstuga och tandläkare, matsal och marketenteri. Säkert som på regementet i Falun. Att det inte finns någon karta!

Utsikten från tornet var milsvid. De kunde skymta delar av Flosjön men inte kyrkan i Floda som Lasse nästan hade trott. Annars var det skog åt alla håll

– Vi kan åka till tornet på Mejdåsen också, det är nästan ännu vackrare med Västerdalälven åt två håll.

Anneli sa att hon gärna följde med honom dit också men inte idag.

När de knallade nerför backen mötte de en lite äldre man.

– Bor ni på anstalten? undrade han

– Nej, svarade Lasse artigt, vi är intresserade av hur här såg ut under kriget.

Mannen lyste upp och började berätta. Här blir vi nog kvar, tänkte Annelie, och kände den första myggan för året sätta sig i hårfästet. Det visade sig att mannen arbetat på Älgberget redan innan norrmännen tog över.

– Jag körde ved, tre meters längder ner till station i Björbo. Under kriget skulle ni sett vilken fordonsflotta vi hade. Alla gick på gengas. De kom knappt upp för backarna, rökte och hostade som klena storrökare! Efter -43 fortsatte jag som chaufför åt norrmännen. Då var det buss och mest transporter av soldaterna. De hade ju lite olika övningsfält.

Mannen älskade att berätta.

– Är ni ofta här för att minnas? undrade Lasse i en paus.

– Nej jag ska sätta upp lite affischer. De har blåst ner även om det säkert inte är någon som åker hit och läser.

Nu såg de att mannen hade en rulle under armen. Han rullade ut den framför dem.

– Jag har satt upp i Floda, Järna och Leksand också.

Affischen gjorde reklam för jubileumsfirande: **Fira Älgberget och Polistrupperna 20 år 1963 den första söndagen i augusti,** stod det med feta bokstäver. Det såg lite amatörmässigt ut.

– Det är egentligen 21 år sedan men 20 årsjubileum låter bättre! Vi ska ha olika stationer och berätta om hur det såg ut här. Regementsmusikkåren kommer hit också. Då är ni välkomna!

– Det låter spännande, sa Lasse. Synd att det inte finns mer bilder från kriget.

– Det finns väl ute i stugorna bara någon samlar in allt och gör något av det. Det finns ett museum i Furudal i alla fall.

Lasse tittade på Annelie som snabbt svarade:

– Dit kan vi också åka men inte idag!

Mannen och Lasse skrattade helt avväpnade av Annelies leende. De följde mannen till anstaltens anslagstavla där han med några häftstift tryckte fast en av sina affischer.

– Min mamma och mormor jobbade här under kriget, Karin och Anna.

– Från Floda? De båda kommer jag ihåg. Jag har sett dem på komidsommarn efteråt också någon gång. Jaha du, men de kan väl berätta.

Lasse svarade inte utan fortsatte:

– Kommer du ihåg några norrmän? Olof Rude och Erik Stadsnäs?

Mannen tittade på Lasse och sedan på Annelie.

– Faktiskt, jag minns inte många namn, befälen men faktiskt också de där två. De höll alltid ihop och sedan var de ju kändisar också. Han Olof var någon slags krigshjälte som alla såg upp till. Han dog ju också i en sprängolycka som det talades mycket om. Erik kommer jag ihåg av en annan anledning. Han blev ju tagen som spion. En ung trevlig norrman, kompis med den andra, sabotören. Jag har funderat mycket på det. Så skicklig att han kunde lura alla. Vad är det som kan göra en till spion och förråda sitt eget land och folk?

– Varför talade man mycket om den olyckan?

Lasse ville passa på att fråga.

– Det var något som inte stämde. De hade särskilda platser för sådana övningar. Det där hände ju bortanför Floda.

– Vet du var?

Lasse kunde inte minnas att han hört något om detta.

– På en myr nära en fäbod var de i alla fall.

Kapitel 15

Krigssommaren 1943
Hur komidsommaren firas i DalaFloda och hur vänskap fördjupas

KARIN SKULLE FÅ arbete i tre veckor på Älgberget innan det var dags att fara upp på Vålberget. Dessa veckor hade de utackorderat sina kor till grannarna uppe på fäboden. De kunde känna sig säkra att moderns barndomsvän Märit skulle se till deras intressen. Märit kunde verka sträv till sin personlighet men hon gick att lita på. Mor Anna jobbade på Älgberget hela sommaren. Hon var ju också ansvarig för all matlagning och för de andra kvinnorna i köket. Där fanns tre vedspisar av en större modell alla med ugn och tre öppningar i godset täckta med olika antal ringar. En av Karins uppgifter var att elda och hålla jämn temperatur i spisarna. Veden bars in av norrmän som bara staplade vedträna mot väggen bredvid spisarna. Det var en sådan omsättning att det inte var någon poäng med att fylla vedlårarna. Värmen i köket var intensiv och oftast arbetade man därför för öppna fönster. Karin arbetade annars med lite av varje, rensade grönsaker, plockade höns eller diskade. Det fanns en handpump för rinnande vatten i ett angränsande rum med en stor zinkbänk. Någon gång ibland fick hon också gå över till själva matsalen och servera. Detta var den mest populära sysslan som därför kvinnorna med mest pondus såg till att försöka få.

Anna såg det dock som en del i att hålla alla i schack och visa vem det var som bestämde genom att själv fördela den arbetsuppgiften. Hon var dock mycket mån om att inte favorisera dottern.

Karin trivdes på Älgberget. Där fanns en energi som hon saknade i Hagen. Allt gick inte i invanda mönster utan snabba beslut togs och åtlyddes utan knot. I stunden verkade alla dessa unga män inte så bekymrade av kriget och att de flesta flytt undan tysken. Medan hon satt i solen på trappan till diskrummet och skalade morötter funderade hon på om trehundra kvinnor skulle ha uppfört sig likadant. Hon avbröts av att en skugga föll på henne. Det var två norrmän som skymde solen. Det var något bekant över dem. Hade inte den ena stått på vägen när modern tagit med henne första gången? Hon såg ner och fortsatte skala.

– Hej! Vi ska inte störa.

Karin tittade upp det var den ljusare av dem som börjat tala.

– Jag heter Olof och det här är Erik. Går ni ofta hit?

Karin skrattade till, lyfte blicken och såg på den kanske snyggaste man hon sett.

– Det var en riktig stadshotellsöppning.

Fick hon i alla fall ur sig. Nu var det Erik som svarade.

– Du får ursäkta honom, han rör sig i sådana kretsar. Vi har bara varit här i några dagar så vi ser oss omkring. Kom nu Olof, vi ska inte störa mer.

I samma stund slängde Anna ut innehållet i slaskhinken genom fönstret. Det mesta stänkte upp på männens ben. Olof svor till och tittade upp mot fönstret där Anna såg väldigt överraskad ut.

– Förlåt, inte visste jag att det stod folk och glodde här.

Karin kände sin mor alltför väl och kunde inte låta bli att tycka det nog ändå var lite kul.

Då och då stötte hon på Olof och Erik under de veckor hon fått arbete. Ibland var och en för sig men oftast tillsammans. Karin förstod nog att alla dessa möten kanske inte var en ren slump.

De slog nog sina lovar kring henne. Något till och med modern uppmärksammat.

– Du är som en sockerbit som flugorna surrar runt!

– Tur då att mor fungerar så bra som flugsmälla.

Karin var sällan svarslös. Hon hade en bra lärare.

Den sista veckan kom Erik ensam en dag när hon satt sig ute för att skrubba gammal vinterpotatis.

– Hej! Får jag göra dig sällskap och slå mig ner?

– Gör så, tiden går väl i alla fall fortare då.

Karin kände att det lät väl avvisande men han verkade inte bry sig.

– Karin hörde jag att du hette?

– Det stämmer bra det. Och hon som skriker inne i köket, det är mor min. Har du med dig paraply som tål slaskvatten?

Han skrattade men visste nog inte riktigt hur han skulle fortsätta. Det blev därför Karin som fortsatte.

– Var i Norge kommer du ifrån då?

– Jag är ifrån ett ställe som heter Kongsberg men jag låg vid universitetet i Oslo när jag var tvungen att fly. Tyskarna stängde ju det, som du kanske hört?

Karin skakade lite på huvudet.

– Trivs du här? Vad saknar man mest?

– Jag längtar efter min familj. Jag har tre syskon. Två systrar. Det värsta är väl att man inte vet hur de har det.

– Får du inga brev?

Karin kunde känna in sorgen som låg under ytan

– Jo ibland kommer det brev men tyskarna läser nog all post så man vet inte vad de törs skriva heller.

Karin lyfte något hon funderat på.

– Längtar du efter att få åka hem och köra ut tysken? Skulle du kunna döda tyskar?

– Ska jag vara ärlig, så nej. Så få strider som möjligt, men visst …

Han tänkte efter.

– Nog vill jag att kriget tar slut och då blir det kanske nödvändigt vare sig man vill eller inte.

Karins potatisar var nu renskrubbade men hon fortsatte att gno. Det kalla svarta vattnet stänkte ibland över hinkens kant på hennes förkläde. Hon uppskattade samtalet. De satt åter tysta en stund tills Erik kände att det nog var dags att dra sig tillbaka.

– Tack för en trevlig pratstund! Vi kanske kan ses igen. Du har ju inte berättat något om dig själv.

Karin log.

– Absolut, du verkar ju stöta på mig ibland. Nu ska jag snart till fäboden men vi kommer ner till Floda under komidsommarn. Vi kanske ses då?

Karin tittade honom i ögonen men kom plötsligt att tänka på Olof.

– Och var har du vapendragaren?

Det var väl en onödig fråga och hon ångrade sig i samma stund orden formades. Erik var ju väl så trevlig.

– Olof, han är ute på uppdrag. Han tränar en grupp i sabotage.

Erik kunde inte låta bli att fundera på varför hon måste fråga om honom.

Karin fick kvittera ut sin lön efter de gångna tre veckorna. Hennes första riktiga lön. De betalade bra, nio kronor per dag. Pengarna låg i ett kuvert i fickan på förklädet när hon cyklade hem till Hagen och hon kunde inte låta bli att fundera på vad hon skulle köpa. En ny klänning och skor fick det nog bli till att börja med. När hon kom hem skulle hon kolla i postorderkatalogen. I sina tankar hade hon både fått hem klänningen, sytt om den lite och varit på dans i den, innan hon började tänka på annat. Erik och Olof var allt hennes beundrare. Vem var hon egentligen mest intresserad av? Olof snyggast och definitivt farligast eller Erik som verkade mer att lita på men var han kanske tråkigare, lite som far? Det var något lite sorgligt över Erik, något känsligt i alla fall. Nästan synd att hon inte fick lära känna dem lite närmare. Nu blev det bara kjoltyg uppe på Högsta, lika skönt det kanske. Då blev det inga överraskningar i alla fall.

Fadern välkomnade henne hem. Han hade vankat runt på tunet. Skulle hon laga något till middagen eller skulle de ta knäckebröd och gårdagens potatiskok och mosa på?

ꭥ

På fäboden var dagarna både inrutade och fria på något sätt. Inga karlar att laga mat åt. Ingen husbonde eller mora som ryade. Man gick runt till varandra och drack kaffetåren när det fanns tid över. Nu var det lite si och så med riktigt kaffe men det experimenterades med olika torkade växter och rostade ärtor att blanda ut med. Det fanns så mycket att tala om. Men de äldre kvinnorna såg inte gärna att man bara satt. Nog kunde man sticka eller virka samtidigt som man tog del av nyhetsflödet eller vallade korna! Stickade vantar med blomster som påsömnad i Flodas klara färger på svart eller vit botten sålde bra nu. På en vecka kunde man vara klar och hade man inte slarvat fick man åtta eller nio kronor för ett par av uppköparen från Grangärde som kom till Floda de stora kyrkhelgerna. De slantarna behövde inte heller gubben eller föräldrar hemma fundera så mycket på.

Vid fyratiden på morgonen vallade de ut korna till olika delar av skogen utifrån ett mönster som reglerade både tillgången till bete och rättvisa mellan olika fäbodar. Risåsakullorna stötte de på ibland när betena gränsade. Det var kära möten.

Under dagen räckte det att någon eller några av kvinnorna stannade och passade skällkon. Knep det kunde man lämna korna själva. Man gjorde mer nytta om man gick hem några timmar och tog hand om mjölken. Osten skulle ystas och messmöret kokas.

Det gjordes inte av sig själv. Ibland kom någon vandrare förbi. Nästan alla stannade på en kaffetår men fick då i utbyte berätta om vad som hände på bygden. När det började dra ihop sig till kvällsmjölkningen fick de alla söka sig till korna för att hjälpas åt att valla hem dem. Några odlade också lite på Vålberget men den jordlotten var man noga med att skydda från korna. Därför var alla gärdesgårdar också byggda för att stänga ute kritterna och inte för inhägnad.

Midsommarfirandet var lugnt på Vålberget. De klädde en liten majstång och firade med extra mycket kaffebröd. En av gummorna hade en fiol som hon trakterade och några karlar, mest yngre, kom förbi. I hela socknen var det i stället komidsommarn, eller kofesten, andra helgen i juli som var den stora festveckan. Då skulle de alla ner till Hagen och hjälpa till med slåttern där och dansa, eller leka som de äldre sa.

De hörde kyrkklockorna upp till Vålberget om vinden låg rätt och efter högmässotiden kom Per Larsson på besök. Karin hade känt och lekt med Per hela sitt liv. Han var uppvuxen på ett torp i utkanten av Hagen med föräldrar som var dagsverkare. Men han var som det syskon hon aldrig fått. Med honom kunde hon alltid vara sig själv och han spred glädje runt sig på något sätt. Han verkade aldrig bekymrad trots att han växt upp under knappa förhållanden. De munhöggs när han kom och de övriga kvinnorna hälsade honom med värme. Han var en glad fyr som inte hade något emot att göra ett handtag om de bad honom. När de också utbytt de sedvanliga hälsningsfraserna från folk i byn så berättade Per att han också hade ett ärende.

– Far din vill att jag slår lindan i morgon så får du räfsa. Jag skulle gå igenom virket till hässjan idag.

Karin blev väl inte alltför överraskad, slåttern hörde till och vallen var mogen.

– Jaha du, då ska jag se om jag kan slippa korna imorgon.

– Behöver vi en till som räfsar?

Per frågade i all välmening men Karin tolkade det som en inbjudan till lite munhuggning.

– Nog hinner jag med dig, eller skulle du ta med något riktigt manfolk?

Per skrattade och svarade inte men kom på vad han hört.

– När vi slår i Hagen kommer det norrmän och hjälper till. Det är mor din som blev erbjuden några till Hagen i två dagar.

– Man kan ju undra om de hållit i ett orv?

Karin skrattade och såg lite tankfull ut.

– Extra armar blir det väl i alla fall. En hötjuga ska de väl kunna hässja med.

Per var positiv som oftast.

– Vill du ha hjälp med något annat Karin, när jag ändå är här?

– Det är ju vatten som alltid, det går åt så mycket till mjölkrummet.

– Ni skulle skaffa sådana där jeepdunkar och en liten skrinda så slapp ni bära.

Per hade sett sådana bensindunkar.

– Nej du! Här gör vi som vi alltid har gjort.

De skrattade båda åt hur Karin härmade en gammal kvinna på bredaste flomål.

*

Erik skulle rapportera till tyskarna om något betydelsefullt för krigsutvecklingen dök upp, annars en gång i månaden. Då skulle han ange hur många som var på utbildning på Älgberget och om hur beväpning och stridsviljan såg ut bland norrmännen men också vad han uppfattade av ryktesspridning bland svenskarna. Hos en lokal tysksympatisör i Mossel fanns en radioapparat gömd på en vind som han använde. Ibland lämnade han bara en lapp i bondens brevlåda med en siffra på numerären i lägret. Han mådde riktigt dåligt av att göra något som så starkt stred mot hans övertygelse. Ibland fick han ett meddelande om modern eller systrarna. Han insåg att de gjorde det för att behålla honom på kroken men han kunde ju inte lita på något av vad de sa. Som alla andra i lägret så frågade han ständigt nyanlända om nyheter hemifrån. Olof Rude med kontakter i motståndsrörelsen hade efterfrågat nyheter från Grini och han hade i alla fall kunnat konfirmera att systrarna var flyttade från Grini. Förhoppningsvis till mostern i Bergen som tyskarna påstod. Modern och Ylva satt kvar på Grini.

Kapitel 16

Sommaren 1943
Slåtter och komidsommar
firas i byn Hagen

ERIK HADE ANMÄLT sig som frivillig när det blev tal om att hjälpa till i socknen med slåttern. All form av normalitet som splittrade hans tankar var välkommen. De kördes till Floda med en lastbil så han hade ingen möjlighet att rapportera i Mossel, kanske kunde han komma ifrån när han var i byn. När de kom fram till kyrkan stod det ett flertal traktorer och hästskjutsar där och väntade. Han blev uppropad av en äldre man som hade en storväst på sig trots värmen.

– Erik Stadsnäs.

Erik hoppade upp på traktorn och handhälsade på bonden. Handslaget var fast och skinnet var alldeles torrt, strävt och valkigt. Med ett hopp for traktorn i väg, inte över träbron, utan längs älven genom Kyrkbyn och Holsåker.

– Vi får ta nya bron så blir ingen grinig.

Annars lät det så pass mycket från traktorn att det inte var lönt att skrika till varandra men mannen såg nöjd ut tänkte Erik.

När de passerat över älven och körde nerströms såg Erik att man var i gång med slåttern, säkert sedan riktigt tidigt på morgonen för att kunna slå i morgondaggen. Slåtterfolket slog, räfsade och hivade upp gräset på hässjor, en del så höga att någon unge satt gränsle på hässjan och tog emot gräset som kastades upp. De körde rakt ut på en åker och Erik blev med ens ivrig och varm i hela kroppen. Där gick Karin och räfsade! Hon tittade upp och vinkade på håll åt honom.

– Välkommen hit, sa bonden som hämtat honom. Tacksamt att vi kan få lite hjälp. Jag heter Axel. Där borta ser du dottern min, Karin, och sedan är det lite byfolk.

– Jag ska göra mitt bästa, sa Erik. Jag är ju ingen bondgrabb så säg vad jag ska göra.

– Här är en hötjuga. Vi hässjar vårt hö, så när kullorna räfsat i tjocka strängar så tar du så mycket du orkar bära och går till närmaste hässja, du ser störarna där ute. När solen står som högst tar vi en timme. Då blir det skaffning på plats. Sen, i morgon kväll, då vi är klara vankas det rikligt med sovel och festdricka. Då blir det skördefest som i bibelns länder!

Axel skrattade nöjt både åt sitt eget skämt men också nöjd över att vara hemmansägare i Hagen en strålande slåtterdag. Erik tog av sig vapenrocken, kavlade upp ärmarna och tog sikte på Karin.

Erik njöt i fulla drag, visst blev han utskrattad när han fick prova att slå men han kände sig märkligt prestigelös i sällskapet. Karin uppmuntrade honom och en ung man som hette Per hjälpte honom också till rätta. Lite nytta gjorde han allt. När allt gräs var räfsat och Axel gett klartecken efter sin inspektion om något slarv förekommit drog alla ner till älven för att tvätta av sig. Kvinnorna från flera gårdar samlades bakom en lada vid älvbrinken där de fick vara ifred. Karlarna sprang bara ner till älven där den var som närmast, slängde sin kläder i en hög och hoppade i det kalla svalkande vattnet. Vatten som de senaste veckorna letat sig ner för fjällbäckar och ut i myrar, åar och tjärnar innan det nu fick bidra till den mäktiga Västerdalälven på sin slingrande väg mot Östersjön.

Varje gård åt kvällsmat för sig men på MatsOls gården var det också folk som inte deltagit under slåttern. Det var säkert ett tjugotal som lät sig väl smaka. Modern Anna hade kommit ner från Älgberget och styrde och ställde så att ingen skulle lämna bordet oäten. De som ville fick brännvin. Både Per och Erik var försiktiga med den varan men drack gärna pilsner som nu låg på kylning i ett stort laggkärl med brunnsvatten.

– Erik du blir väl med till kyrkbyn, det blir dans på Norsbron där i kväll!

Karin satt mitt emellan Erik och Per.

– Jag vet inte. Då borde jag väl ha haft permissviden med?

Per skrattade och sa:

– Är det något fel på skjortan han fått låna? Du kan vara lugn. Det är inte så noga med hur man ser ut.

Det tog sin tid att promenera den dryga kilometern in till Kyrkbyn. Anna var kvar och tog rätt på festen men övriga hade slagit följe. Karin höll båda sina kavaljerer i varsin arm och gick mitt i vägen, många andra i flocken rörde sig mer i oordning ömsom vinglande mot höger eller vänster vägkant. Karin kände att det pirrade lite extra att gå där bredvid Erik. Hon kände sig varm i kroppen och lycklig.

När de kom fram till bron hade många redan gått hem. Den sista spelmannen höll på att packa ihop sin fiol men Karin såg honom djupt in i ögonen och bad honom spela bara en vals till. Så blev det. Karin tog tag i Erik som inte var helt bekväm. Vals kunde han i alla fall. Erik kände Karins kroppsvärme genom hennes blus. Han tordes inte titta henne i ögonen av rädsla att tappa takten. Men han kunde inte låta bli att känna hennes hår dofta sommar eller var det såpa.

Men efter denna enda vals så gick spelmannen helt sonika med fiolen i ena handen och lådan i den andra. Även de sista äldre vände om, alla var och en hem till sitt. Ungdomarna stannade kvar på bron. Den ljumma natten höll dem på något sätt i sitt våld. Erik menade att det var synd att han missat hoppleken som de talat om tidigare. Per ville gärna förklara.

– Det börjar med en gånglåt sedan slår kullan karln ganska hårt i handflatan och då börjar de gå i ring med karlarna ytterst. De ska då börja hoppa allt högre. Det blir ju en tävling. När det börjar bli allvar måste de släppa kvinnfolket och hoppa själva.

– Så här, sa Per och hoppade utan ansats ända upp på broräcket där han först vinglade till ut mot ån men sedan föll in mot bron där han vigt landade på fötterna till allmänt jubel och skratt.

– Här håller Flofolket på och leker.

Ingen hade sett de fyra män som nu kom från Björbohållet. Några av de andra ungdomarna på bron kände igen en av männen som en riktig bråkstake och slagskämpe från Nyhammar och drog sig direkt bort mot kyrkan. Per och Erik ställde sig mellan kvinnorna och männen som nu stannat på bara några meters håll.

– Har ni brännvin att bjuda på, skrålade en av dem.

– Nej dessvärre. Det har vi inge, sa Per.

Per brukade i vanliga fall, när han bara hade sig själv att tänka på, komma ur sådana här situationer med skoj men nu kände han ett ansvar för Karin och de andra som gjorde honom lite avvaktande och återhållsam. Det kunde uppfattas som rädsla och det var inte bra.

– Är ni sådana fattiga lusar att ni inte har brännvin med er på kofesten! Men kvinnfolk har ni i alla fall. Vi vill dansa, eller hur?

Frågan var vänd till det egna sällskapet som bekräftade frågan.

– Ni skulle ha varit här tidigare då fanns här musik att dansa till. Nu vill ingen dansa mer.

Erik kände att han inte kunde låta Per fronta karlarna ensam.

– Fan vad du talar konstigt. Är du Norrbagge eller efterbliven? Vi behöver ingen musik för att vänslas lite.

Den ena mannen kröp ihop med utsträckta armar och vaggade fram mot kvinnorna, som började hoppa undan och springa om varandra. Samtidigt kom en bil i ganska hög fart. De märkte alla hur bilens strålkastare träffade dem på bron fast det var ljusa sommarnatten. Bilen körde fram ända upp på bron och ur steg Olof Rude. Han drog av sig sin vapenrock och slängde in den i bilen. Han sa ingenting utan gick förbi Erik och Per och visade med en armrörelse att de kunde backa lite nu.

– Då är det slut på utflykten. Då kan ni vända om och gå tillbaka varifrån ni kom.

Olofs röst var självklar och det gick inte att ta miste på att han var van att bli åtlydd.

– Har ni hört på norrbaggen så han kommenderar. Vi går hem när vi vill och när vi fått vad vi kom för. Vi är fyra mot tre. Eller en, de andra två har nästan skitit på sig.

Det var mannen de trodde var från Nyhammar som svarat. Han tog nu fram ett knogjärn ur fickan och såg skrattande på sina kompisar. De var inte lika självsäkra, det var något med norrmannen som nu stod fyra till fem meter framför dem. Olof släppte inte mannen från Nyhammar med blicken utan sa med samma tonfall:

– Så här kommer det att bli. Jag tar dig först, sedan de andra som är mer tveksamma. När jag tagit en av dem springer de andra två. Och det beror på att de har något att tänka med. Ni kan vända om nu och glömma detta eller så gör ni ett försök. I så fall måste ni vara beredda att gå hela vägen.

Med en snabb rörelse drog Olof upp en engelsk kommandokniv ur en slida fäst i byxlinningen bakom ryggen. Han kröp ihop något, nu beredd.

Erik och Per tittade på varandra, hur skulle de agera? De knöt i alla fall sina nävar.

Männen som nu utmanades värderade Olof. Mannen med knogjärnet tecknade åt de andra att omringa Olof. Men Olofs mentala övertag var för stort.

– Nej vi drar. Här finns inget brännvin.

Alla utom mannen från Nyhammar vände sig nu om och började gå. Han gjorde ett försök till värdig sorti och lovade Olof att när de skulle ses igen skulle han slå ihjäl honom. Olof log och nickade åt mannen, stoppade ner kniven och vände sig till sällskapet.

– Nu skjutsar jag hem er till Hagen. Erik, jag kom för att hämta dig egentligen. Vi behöver vara på Älgberget i morgon bitti.

Karin blev stum, all glädje var som bortblåst och hon kände i stället att en våg av adrenalin sköljt över henne som nu ersatts av en både en upprymd och olustig känsla. När hon satt i baksätet tittade hon fram på Olof lite från sidan. Vem var denne man?

Kapitel 17

Sommaren 1943
Hur ett sabotage planeras och om en spions dilemma

PÅ VÄGEN HEM till Älgberget berättade Olof om att de skulle skickas på ett specialuppdrag in i Norge och att de två skulle få en dragning på lägerchefens kontor morgonen därpå. Olof sa att han inte visste mer men att han hade ombetts att utse en man att göra honom sällskap. Det hade inte krävts några specialistkunskaper mer än vana vid Thompson modell 40 och den hade ju Erik skjutit mycket med. De spekulerade i valet av vapen. En Kpist indikerade närstrid i vilket fall.

Erik hade svårt att somna den kvällen. Han tänkte på allt som hänt. Dansen med Karin överskuggade bråket och allt annat. Dock var han inte bekväm med det kommande uppdraget. Det kunde säkert innebära risker för familjen. Han hade heller inte kunnat meddela sig med Berlin. Det var nästan fem veckor sedan han kommit loss till Mossel nu. De hade också en så kallad brevlåda mellan ett par stenar i skogen några hundra meter från lägret, men på ett ställe det var lätt att ta sig till och från osedd. De var överens om att inte använda det gömstället mer än nödvändigt men nu var det länge sedan de varit i kontakt och kanske fanns det något åt honom. Han kunde ändå inte somna så han klädde på sig och gick ner till vakten, som bara blev glad att det dök upp någon att prata med.

– Svårt att sova?

– Jo, jag var in på kofesten tidigare, det är väl därför jag inte kan sova. Tar en promenad och en rök. Vill du ha en?

Föraningen hade varit rätt, det låg ett brev i cigarrlådan av plåt som var instucken mellan stenarna. Erik tog ut brevet och lade tillbaka lådan. Han var noga med att välja en annan riktning ner på vägen för att undvika fotspår mer än nödvändigt. Han låtsades knäppa gylfen när han kom ner på vägen ifall någon sett honom. Väl tillbaka på Älgberget gick han in på dasset där han kunde läsa brevet ostört. Det stod inte på tyska utan på svenska. Han gissade att de bokstaverat meddelandet för nazisten i Mossel.

Vi saknar er rapport för juni månad och är allvarligt bekymrade över ert bristande intresse att befordra information och kunskaper från Älgberget. Vi emotser snarast tätare och mer relevant information. Förberedelse har nu tagits för att skicka era systrar till Tyskland för att uppfostras till goda husfruar eller väninnor åt förtjänta SS medlemmar. Vårt tredje rike ser gärna nordiska kvinnor som mödrar för en starkare och renare ras. Emedan ni säkert med stolthet gärna ser detta avvaktar vi ändå ert tillmötesgående innan ovan sätts i verket.

Erik ryste. Vilka svin de var! De visste precis hur de skulle få honom dit de ville.

När Erik kom till matsalen åt redan Olof frukost. Erik tog sitt grötfat och sin kaffekopp och satte sig bredvid honom. Sirapslimpan fick vara idag. Eftersom de satt i matsalen kunde de inte prata något om det kommande uppdraget så Erik kommenterade gårdagen.

– Tur du kom igår. Det blev en hotfull situation.

– Den hade ni nog klarat själva men visst, skönt att det inte spårade ur. Det skulle inte uppskattas med fyra lik i älven.

Olof var allvarlig så Erik bedömde att han inte försökte skoja.

– Hade du kunnat döda, Olof? Det var ju inte tyskar direkt.

– Hade jag inte varit beredd att göra det hade de genomskådat mig, men så långt hade det säkert inte behövt gå.

Han blev tyst men fortsatte sedan

– Du ska vara glad att du reagerar som du gör Erik, jag är störd av allt jag varit med om.

De ställde sig i givakt när de kommit in till lägerchefen. Expeditionen var enkelt möblerad. En rund gjutjärnskamin där det stod en kolsvart kaffepanna på värmning, ett skrivbord, några stolar och ett massivt arkivskåp i ek. Innan lägerchefen bröt tystnaden hann Erik tänka att de måste elda med granved som det knäppte.

– Lediga.

I rummet fanns två andra personer som nu hade rest sig.

– Det här är docent Harry Söderman som gör oss ovärderliga tjänster. Docenten är chef för Sveriges Kriminaltekniska Anstalt och hjälper oss med utbildningsfrågor.

Olofs första tanke var att mannen mest liknade en gangster från förbudstidens Chicago med en svart hatt, snitsigt balanserande på fingertopparna men mannen utstrålade samtidigt en intensiv energi och fick säkert saker gjorda. Handslaget stärkte Olofs intryck.

– Och det här är Olav Svendsen, chef för Legationens Rättskontor. Vet inte om ni träffats?

– Det har vi gjort, i ett annat operativt sammanhang, sa Olof.

Han presenterade Erik och alla handhälsade på varandra. Någon slags bekräftelse på att de nu var likvärdiga samtalspartners. Lägerchefen tog till orda.

– Vill docenten börja.

Olof visste att docenten också gick under smeknamnet Revolver-Harry, beroende på den Smith & Wesson i magnumkaliber som han bar i en officerssele eller i ett axelhölster som idag.

– Tack. Jag och en, låt oss säga, internationell kollega har arbetat med en plan med syfte att likvidera Hitler. Jag har varit i kontakt med Churchill eftersom vi skulle behöva 10 000 fallskärmssoldater i upplägget. Churchill är en försiktig herre så det blev inget och därför rullar också kriget på. Nåväl, när vi jobbade med planen så kom vi över material om Terboven.

Erik stelnade till. Vart var det här på väg? Det var Terboven som i egenskap av Rikskommisarie var Tysklands högste representant i Norge och därmed också chef för Gestapo i Norge. Han var mannen bakom alla utrensningar och försök att knäcka både motståndsrörelsen och det norska folket. Söderman räckte över ett förslutet kuvert till Olof.

– Allt finns här.

Han fortsatte.

– Tanken är att skjuta honom om fyra dagar när han har audiens för två generaler ur Wermacht. Han är en fåfäng man så de kommer att gå ut på balkongen på Skaugum, kronprinsens slott ni vet. Vi kan placera er, Rude, 240 meter från balkongen. Kan ni likvidera honom därifrån?

Olof tittade på Olav Svendsen som nickade åt honom att svara.

– Om stödet är bra, så är chansen god. Kanske 70-80% att han dör inom en minut eller två. Jag behöver ladda med en annan krutblandning och ta en lättare halvmantlad kula. Jag behöver provskjuta också, så räkna med en dag för förberedelserna. Men det har vi resurser till här på Älgberget. Och vilken uppgift har Stadsnäs här?

– Han ska skydda din rygg.

Söderman lät sin blick vandra från Olof till Erik.

Erik hade svårt att möta Södermans blick han kunde inte slita blicken från sin kamrat. Hur var denne funtad! På ett ögonblick hade Olof värderat planen och kliniskt redogjort för vilka förberedelser han måste göra. Själv skulle han med en Kpist säkerställa att ingen kom åt Olof innan han hade hunnit döda tysken.

Svendsen fortsatte:

– Vi behöver frivillighet i detta från er båda. Ni kan dra er ur men har naturligtvis tystnadsplikt. Ni får med er cyankaliumkapslar. Det finns inget utrymme för fångenskap här. Ni bär engelska uniformer.

Alla tittade nu på Erik. De ansåg inte att Olof behövde svara.

– Får jag tala med Olof enskilt innan jag bestämmer mig?

Nu for många tankar i Eriks skalle och behövdes sorteras.

– Det går bra. Utgå ni och fundera på om ni har fler frågor. Kuvertet stannar här. Det får Rude läsa på plats sedan.

❧

– Hur känns det? frågade Olof.

Erik önskade att han bara kunde springa därifrån. Han hade börjat må fysiskt illa. Hjärtat slog allt snabbare och han hade ett tryck över bröstet men med sin hela viljestyrka började Erik förklara.

– Min far sprängde gruvan i Kongsberg och mina systrar och mor sitter på Grini. För egen del är jag beredd att ta risken men om vi misslyckas och de identifierar mig så slutar det illa för min familj. De har lidit nog. Jag vet att jag sviker hur jag än gör, antingen min familj eller Norge.

Olof lade en hand på hans axel

– Det är lättare för mig. Jag har ingen familj alls kvar. Båda mina föräldrar är döda, mamma redan innan kriget och pappa torpederad. Det finns andra som kan hantera en k-pist. Men du får säga det själv.

När Erik lämnade sitt besked såg han besvikelsen, och kanske föraktet, i männens ögon men han skickades ut direkt utan vidare kommentarer eftersom det nu var någon annan som skulle invigas i planerna. Han hade ju bara kunnat beskriva en del av sin situation för Olof. Hade han åkt och inte meddelat tyskarna innan om operationen skulle det definitivt ta hus i helvete. Och de skulle garanterat känna igen honom. De hade tagit kort på honom som fanns i hans akt. Skulle han ens våga låtsas som om han inget visste om operationen eller skulle han meddela tyskarna? Kunde han avstyra operationen genom att avslöja den? Erik kände att han fick svårt att andas och fick koncentrera sig på att andas ordentligt med magen.

Olof förberedelser tog hela följande dag och på kvällen sattes han och följeslagaren i en bil som skulle ta dem till norska gränsen. Där skulle motståndsrörelsen ta över logistiken. Erik fick permission i några timmar för att cykla till DalaFloda. Han stannade till i Mossel där mannen höll på att hugga ved. Det var bra, ett samtal vid staketet var betydligt mindre riskfyllt än att behöva gå in i gården. Mötet var över på ett par minuter. Erik handhälsade på mannen och överlämnade samtidigt en hopvikt lapp med sin försenade rapport innan han trampade vidare in mot Floda.

Hade han gjort rätt?

ꕥ

En vecka senare var Olof tillbaka. Erik hade förstått att uppdraget knappast hade genomförts. Det skulle ha gett eko över hela världen. Olof var fåordig när de träffades

– Det sket sig. De kom aldrig ut på balkongen och det vimlade av tyskar. Två norska motståndsmän greps. Vi kom undan tack vare det. Antingen var tyskarna tipsade eller så hade de en otrolig tur.

– Jag är ledsen men ändå tacksam att ni två klarade er.

Erik fick ingen respons utan vände sig om och gick. Han kunde inte motstå ingivelsen att vrida på huvudet. Olof stod kvar och tittade efter honom med en bekymrad blick. Hade Olof börjat misstänka något? Erik kände olusten stegras i kroppen. Skulle Olof anmäla honom? Om han avslöjades skulle inget hindra tyskarna från att skada hans familj. Vad skulle han göra? Vad kunde han göra?

Kapitel 18

Oktober 1943
Hur Erik och Olof deltar i älgjakten och om vådan av att använda åldriga vapen

ERIK FUNDERADE MYCKET på hur mycket Olof anade om hans tyskkontakter. Han satt i en rävsax. Han kunde inte börja prata om det och förklara ifall Olof inget visste. Men om Olof visste, varför var han då inte gripen? Lät Olof honom hållas? Hade han kontaktat engelsmännen så att de kunde rekrytera honom som dubbelspion? Hösten gick och inget hände. Det var svårt att vänta. Vad som helst hade nästan varit bättre.

ᔓᔕ

En morgon vid samlingen meddelade lägerchefen att de blivit ombedda att hjälpa till med älgjakten. Nästan alla yngre män i byarna låg inkallade. Goda kontakter med angränsande socknar var viktigt för deras verksamhet. Utbildningen skulle därför pausas den andra veckan i oktober för älgjakt eller persedelvård för övriga. Vilka var frivilliga? Både Olof och Erik anmälde sig. Erik uttryckte ett önskemål om att få bidra i Hagens jaktlag. Detta avslogs utan motivering.

Erik tilldelades Lövbergets jaktlag och Olof Tyrsbergets. Lagen var bägge hemmahörande i Björbo. Varje by i Björbo hade sitt älglag precis som i Floda och man bodde alla på sina respektive fäbodar. Om fäbodarna på sommaren var kvinnornas rike så kunde man med rätta säga att det var det omvända under älgveckan. Kvinnorna hade visserligen försett sina jägare med färdiglagad mat i sotiga järngrytor som nu förvarades så gott det gick i jordkällare, grävda gropar eller på farstukvisten till fäbodstugan om det nu var tillräckligt svalt.

Erik hade tänkt ställa sig in lite och tagit med en liter Grönstedts han kommit över på Älgberget. Den fick han ha för sig själv. Gubbarna deklarerade unisont att av brunsprit blev man dålig, de drack bara blanksprit. Brännvinet förvarades i noga rengjorda fotogendunkar. I många gårdar kokades det tre gånger per år, till midsommar, älgjakten och till jul. Ett frekvent skämt var om fotogendunken verkligen var diskad. Kvaliteten skiftade men stoltheten över den egna hantverksskickligheten överskuggade all tveksamhet. Ölbackar med stolta höga pilsnerflaskor stod travade utanför de stugor där man inte behövde vända på varje öre.

Under fyrtiotalet var älgstammen svag. Varje lag kunde räkna med en eller kanske två älgar. Det var inget som påverkade försörjningen mer än på marginalen men älgjakten var som ett kitt för byn. Under veckan stärktes den egna gruppen internt och andra lag sågs på med misstänksamhet.

Det var heller inte jakten i sig som gjorde störst intryck på Olof och Erik när de efteråt jämförde sina olika erfarenheter. De var samvaron i fäbodstugorna. När jaktdagen var över åkte matlagen hem till sin fäbod. Ofta bodde man tre eller fyra tillsammans i någon av stugorna. Man kanske ömsade kläder och hängde upp dem att torka framför de öppna spisarna. De flesta av stugorna var inte utrustade med järnspisar. De var betydligt äldre än så. Sedan åt man och började tala. Vid de nötta borden frodades en muntlig berättartradition som förlängde och förbättrade deras gemensamma minnen. På så sätt kände man nästan att man varit med om äventyren även om historien kunde vara generationer bort.

När alla stugor klarat av middagen gick man och hälsade på varandra enligt ett mönster som påminde om kvinnornas sätt att dela upp skogen för kornas bete. Här skulle ingen stuga missgynnas eller gynnas. Ofta bjöds det på brännvin även om det var lika vanligt att ta med sig själv av den varan.

ღ

Man hade ställt av Erik uppe på Gronfallet, som var ett av de bästa passen. Det var en öppning i skogen där man gallrat ganska hårt så det fanns naturliga skjutgator åt flera håll. Han stod upp på pass, för rädd att sätta sig. Han ville inte nicka till av sömnbrist. Han märkte också att om han riktigt koncentrerade sig på skogens ljud och rörelser trängdes ovälkomna tankar undan, tankarna på systrarna och hans svek som tysk spion. Koncentrationen övergick omärkligt i någon slags meditativ tomhet. Därför blev Erik rejält överraskad av braket när grenar knäcktes. Kunde det vara älg? Han hade inte hört någon älghund. Visst skymtade han lite ljusare ben inne i den tätare granridån som utgjorde gräns mot Gronfallet?

Grenarna veks undan och där stod hon, en stor älgko. Var hon ensam? Hade hon en kalv med sig måste den skjutas först. Erik stod som förstenad, rädd att röja sig. Han hade höjt geväret till axeln redan innan kon brakade ut på fallet och nu kom hon rakt emot honom. Han såg ingen kalv. Avståndet var nog inte mer än tio meter och nu ställde sig kon helt stilla och stirrade på honom med sina stora öron riktade framåt som stora skopor. Han siktade på det stora djuret men skulle han försöka skjuta det rakt framifrån? En historia om svårigheten med detta från gårdagens skrönor passerade revy. Var satt stickhålet de talat om? Mjölksyran i armarna började få honom att skaka. I samma stund blev älgen varse honom och lyfte hela sin stora framkropp i ett språng åt sidan. Erik lät skottet gå i samma stund, då träffytan var som störst och chansen att träffa lungorna som högst. Kon fortsatte med stora språng in i den täta granskogen. Hon hade sprungit i en båge. Kanske var det ett bra tecken? Det brakade rejält när hon forcerade ungskogen, så blev det plötsligt tyst.

Erik repeterade och gick snabbt fram mot den plats där älgen försvunnit. Det borde gått bra, han såg blod på både marken och på några grankvistar men sedan såg han inte längre några spår. Tänk om han skadeskjutit djuret? Han ville inte att det skulle behöva lida i onödan och vilken smälek för honom som älgjägare. Nu hörde han en frustning som han tyckte kom från höger. Nu skulle han haft en hund. Skulle han vänta på att en hundförare kom hit upp? De hade säkert hört skottet. Nej, lite till kunde han leta. Han bröt sig fram i tätningen och där uppe på några stora stenar låg hon, blick stilla. Erik gick fram och petade på henne med geväret. Nog var hon död.

Den anspänning han inte ens känt tidigare släppte med ens och ersattes av en glädje som mest berodde på lättnad över att han nu stod här med sin första nerlagda älg. Han siktade i backen och sköt ett skott, väntade i 30 sekunder och sköt två till. Det var signalskotten för att det gått bra och att en ko var skjuten. Nu tänkte han vänta på hjälp. Bättre det än att ta ur djuret på fel sätt. Han bröt av kvistar på sin väg tillbaka till passet så att de skulle kunna hitta älgen. Nu hörde han på nytt grenar som bröts. Var det fler älgar?

Det var en raggig blandras som nu kom i full fart i älgspåret. Han sprang fram och tog tag i hunden, hans livrem fick bli ett provisoriskt koppel. Hunden kände av älgen och hoppade på sina bakben vänd mot vittringen. Han klarade till slut inte av att hålla i den glatta livremmen så hunden for i väg till älgen. Nu satte sig Erik på en stubbe och tog en smörgås. Det började smådugga.

ꟹ

Den första som kom upp till Erik var hundföraren.

– Grattis!

Han bröt av en grankvist som han fäste i den slokhatt Erik fått låna. Var kom den? Erik förklarade och visade vägen till älgen där hunden tronade morrande på kons rygg. Den hade ruggat älgen så att det låg en driva av älghår runt det stora djuret.

– Duktig Nero! Duktig gubbe!

Hundföraren kopplade sin kamrat och gav Erik sin livrem utan att kommentera saken vidare.

– Då tar vi ur den. Vi vänder på den. Kan du ta tag i det där benet och hålla upp det?

När de var klara behövde de inte vänta länge på hästkarlen och två gubbar till som anslutit till foran. Efter hästen var en smal timmersläde påselad. Den fungerade utmärkt även om det ännu ej var snö. Det bar i väg i en imponerande fart nerför Mejdåsen. Jägarna sprang efter ekipaget och bromsade släden genom att hålla emot i några rep som var fästa längst bak. De slaktade i en lada på Gåsholmen och där hade nu merparten av laget samlats. Hundföraren visade Erik hur han skulle flå djuret. Alla besiktade också skotthålet som befanns sitta rätt.

– Svårt att bomma en laduvägg på 8 meter!

Man kunde ju ändå inte låta Eriks tuppkam växa hur mycket som helst! Skytten skulle ha tungan så den skar Erik ur ivrigt instruerad av ett par gubbar och lade den i en emaljerad bytta med vatten.

– Där kan den ligga ett par dagar i den här kylan. Den måste urvattnas.

De sista dagarna kunde laget få skjuta en kalv men så blev det inte. De avslutade jakten med att stycka kon på lördagen. Flera norrmän från Älgberget samlades på konditoriet vid station och väntade in varandra. De skulle åka i väg i två bilar så Erik lyckades övertala den ena chauffören att åka om Hagen. Han ville lämna tungan som gåva till Matsolsgården.

– Då får du rappa på!

Chauffören vände bilen så länge på Hagvägen. Erik knackade på den tjärade ytterdörren som oftast stod öppen när vädret tillät. Det var ju en farstu innanför också. Huset var byggt som en bred parstuga med köket till höger och en kammare till vänster. Två rum innanför dessa utgjordes av sovrum. En trappa ledde upp från farstun till övervåningen.

– Vem är det som knackar? Är det inte bara att kliva på?

Han kände igen Axels röst sedan slåttern. Erik klev in och strök av sig hatten.

– God dag. Jag tänkte lämna in en tunga från jakten om det kan passa?

Erik såg ingen annan i köket. Axel såg roat hur Eriks blick sökte av rummet.

– Tack och tack. Vad förskaffar oss den äran?

Axel hade nog sina aningar.

– Jag ville bara visa min uppskattning för slåtterfesten. Det var verkligen trevligt.

Erik hade tänkt igenom frasen. Det blev tyst. Efter ett tag tyckte Axel synd om gossen.

– Du har otur om du velat träffa Karin. Hon är med Anna och bakar tunnbröd i någon bakstuga uppströms. Ett riktigt kafferep kan jag tänka.

Erik kunde till sin förargelse inte låta bli att rodna lite.

– Det var synd… Det hade varit trevligt…. Lova att hälsa så gott till Karin och husmor.

Axel log och vägde tungan i handen. Den var nu inslagen i tidningspapper.

– Det ska jag göra och tack för tungan. Det är min favorit på smörgåsen. Saltad och kokad med mycket kryddpeppar. Har han smakat själv?

– Nej, aldrig älg men mor gjorde något liknande med vanlig kotunga.

Erik stod kvar i dörren.

– Jag skulle fråga...Går det bra att jag skriver till Karin?

– Ska han skicka brev från Älgberget till Hagen. Det brevet får allt åka till Falun på vägen!

Axel skrattade. Erik fann det för bäst att inte invänta något annat svar utan nickade till avsked och hoppade in i bilen som redan startat mot Älgberget.

ꟹ

För Per var älgjakten inte lika lyckad. Han borde egentligen ha jagat med Hagen eller någon annan by i Floda men ingen där hade frågat honom och han var lite för stolt för att själv fråga. Familjen hade ju ingen egen mark som gav rätt till jakt eller köttlott. I stället hade han genom en kontakt på Flintgruvan kommit med i samma Björbolag som Olof, Tyrsbergets. Per kände att han fick bo lite på nåder i en av stugorna på Tyrsberget. Han visste heller inte om han skulle få något kött eller om han bara ansågs vara med för att hjälpa till.

Redan första dagen i skogen började det riktigt illa. Han satt i ena kanten på en stor långsmal myr där Olof satt på pass i den andra ändan. Han hade sin fars gamla Remington i kaliber 12,7. Instansat på vapnet stod tillverkningsåret 1870 och ett H. Hans far hade tjuvjagat med vapnet med viss framgång, mest tjäder trots den grova kalibern.

Han hade inte suttit länge på pass när den stora älgtjuren dök upp på andra sidan myrhalsen. Han lät det första skottet gå men såg ingen reaktion på den stora oxen. Nu gällde det att ladda om snabbt. Han tryckte in en ny patron och siktade igen. Tjuren stod kvar och tittade på honom. Han sköt igen och den här gången kastade tjuren och satte av i språng mot det håll varifrån han kommit. Då rullade först ett, sedan ett andra skott över myren och älgtjuren stöp i språnget. Det var Olof som hade skjutit från sitt pass, säkert över tvåhundra meter bort.

Per gick fram över myren. Han blev genast blöt. De snörkängor han bar hade alldeles för korta skaft. Han kände kylan av det kalla vattnet som nu kippade i hans kängor. När han kom fram räknade han taggarna. Det var en tjugotaggare, en riktig rekordälg. De hornen skulle han kunna sälja dyrt. Oavsett om han hade rätt till köttdel så fick skytten alltid hornet. Han såg nu att Olof närmade sig i myrkanten. Olof hade inga problem att ta sig fram torrskodd i sina höga engelska officersstövlar. Sitt gevär hade han på axeln. Olof tog Pers bössa och synade den.

– Ett sådant här vapen kan du inte jaga med! Det är för kortare håll.

Han gav Per vapnet och tog ner sin egen studsare från axeln. Han repeterade fram ett nytt skott i Mausern och sköt de signalskott som informerade de övriga i laget om vad som hänt.

– Har du inget annat vapen så får du hålla dig hemma. Det är levande djur vi jagar, någon respekt måste du visa.

Olof var märkbart irriterad. Per tittade på Olofs Mauser med kikarsikte, något han aldrig sett tidigare. Han försökte möta Olofs irritation.

– Med den där kan du mata fram fler skott snabbt, men jag fick den i alla fall även om bössan är gammal.

Per kände att han måste stå på sig. Vem var denna norrman som var så kaxig? Hade han inte varit väl dryg i somras också på komidsommaren och försökt lägga an på hans Karin?

– Den älgen sköt jag. Har du skott i? Jag vill inte se något vådaskott dessutom!

Olof var kort i tonen och vände om, nu på väg mot sitt eget pass.

Per började ta ur älgen och fick hjälp när fler jägare anlände. Alla gratulerade Per för de fina hornen. En exalterad stämning rådde på myren.

– Säljer du det där hornet Per får du kanske 200 kronor.

Gubbarna intygade alla att de aldrig sett dess like. För Per och hans föräldrar skulle 200 kronor göra all skillnad under resten av vintern. Jaktledaren sa åt Per att inte öppna upp älgen mer än nödvändigt. Den behövde dras i myrvattnet så hjärtslaget kunde de vänta med tills de var i slaktboden.

När de flått tjuren i slaktboden och tagit ut hjärtslaget besiktades kulhålen i vanlig ordning. Ingångshålen satt bara några centimeter ifrån varandra men det var bara ett utgångshål, ett betydligt större hål där kulan expanderat på sin väg genom djurkroppen. Den andra kulan låg i kroppshålan. Jaktledaren tog fram den och synade.

– Det här är ingen Remingtonkula!

Olof tog kulan i sin hand och synade den.

– Nej, det här är från min 6,5. Utgångshålet är också från en 6,5. Ingen av er jagar väl med militärammunition? När jag sköt på den älgen var den oskadad. Den markerade inte när Per sköt.

Olof var upprörd och lade ut texten.

– Man kan vara hur fattig som helst och sitta på vilken backstuga som helst. Det är inget att skämmas över men man ska inte gå i skogen med sådana vapen. Jag ser fler likadana. Är ni också lika utrustade som Per? Jaga med gamla svartkrutvapen!

Ingen svarade utan alla tittade på Per. Pers ögon svartnade av ilska och förnedring. En av gubbarna tog till orda.

– Han är från Floda, den som tar med någon får lov att gå i god.

Pers arbetskamrat från gruvan kände sig trängd. Han undvek Per med blicken.

– Jag har aldrig jagat med honom, trodde han kunde.

Nu blev det tyst. Jaktledaren tog till orda.

– Så här kan vi inte ha det resten av veckan. Per du får stanna hemma. Det kan övriga också göra, som inte är säkra på sina vapen eller hur de skjuter. Och till dig Olof får vi tacka. Det var bra skott på långt håll.

Olof tog den utsträckta handen och fortsatte:

– Jag har också fått nog. Tar mig hem till Älgberget. Jag hämtar hornet efter jakten. Det kan sitta på något dass på Älgberget.

Alla utom Per skrattade åt Olof.

På väg från slaktboden hörde Per Olof på vägen bakom sig. Han stannade och knöt sina kängor. Ingen av dem sa något när Olof passerade honom med sitt gevärsfodral och sin ryggsäck. Han skulle nog möta någon nere vid station eller på kondis tänkte Per. Den mannen är dubbelt hatad. Som om det inte räckte med hur han uppvaktade Karin och spred pengar runt sig. Nu skulle han ta alla tillfällen att trycka ner en också. Per såg Olofs ryggtavla sakta avlägsna sig och han kände tyngden av sin Remington i handen, knöt upp bandet till fodralet, stack in handen och greppade kolven men stelnade sedan till drog ut handen och knöt återigen fodralet. Jag ska nog lära dig vem Per i Hagen är på något sätt. Men inte så här, inte nu. Per stirrade efter honom så länge han var i sikte, sedan började han själv gå åt samma håll.

Kapitel 19

Vintern 1943
Var hälsad sköna morgonstund

JULEN 1943 VAR kall med djup snö i stora delar av landet. I Västerdalarna kröp temperaturen ner mot minus trettio grader många nätter. Kaminerna eldades röda på Älgberget och man fick ha eldvakter hela nätterna. Det var många morgnar det var isbark i vattenhinken.

Norska legationen köpte ved av bönderna runt omkring men hade även köpt egna slädar för att kunna dra hem vedbrand. Det var också slädarna som mannarna tyckte kunde användas till färd mot julbordet på Värdshuset i Dala- Floda. Olof utsågs till talesperson och uppvaktade lägerchefen en kväll efter middagen.

– Godkväll Olof! Slå dig ner.

Lägerchefen höll inte alls på disciplinen när de var ensamma. Olof var ju lite av en celebritet och han hade ju också gett honom det gigantiska älghornet som nu hängde ovanför porträttet av kung Håkon. Han väntade tills Olof satt sig.

– Vad kan jag hjälpa dig med?

Olof kände sig visserligen bekväm i situationen men gick ändå rakt på sak.

– Mannarna vill att vi ska organisera en slädfärd till värdshuset. De har ett stort julbord och kan övertalas att laga riktig norsk julemat. Det vägrar ju husmor Anna här att göra.

De skrattade båda innan lägerchefen fortsatte.

– Vi kan ju inte dra in 300 man till Floda men låt oss göra en förteckning. Alla befäl utom vakttjänstgörande och de som varit med från starten kan få åka. Det blir väl ett 30-tal. Har vi så många slädar?

– Det ska gå bra. Ska jag tala med värdshuset?

– Nej det gör jag. Jag är bjuden till prosten Nordblad i Floda nu i helgen.

Lägerchefen funderade lite innan han fortsatte

– Det får bli julotta och sedan julfrukost. Då blir prosten nöjd också.

Julfirandet på Älgberget gick inte obemärkt förbi även om allas tankar denna helg utan undantag gick till dem där hemma. Hur hade de det? Var de kära därhemma i säkerhet och vad stod på julbordet detta år?

Husmor bjöd på riktig risgrynsgröt kokt i gräddmjölk och skinksmörgås. Matsalen var utsmyckad med granris på golvet och levande ljus. Inget att klaga på men kvällen ute i den egna baracken blev lång. Visst spelades det kort som vanligt och visst hade någon smugglat in sprit men hemlängtan dominerade. Inte blev det bättre av att mannarna hört att befälen skulle åka in till julottan nästa dag och äta ribbe och pinnekött på värdshuset. Den enda trösten var att de kunde ligga kvar i den varma sängen när de andra gav sig i väg halv fyra på juldagsmorgon.

Det var sex slädar som med facklor bildade en lysande orm på vägen mot Floda. Imman stod som rökmoln kring hästarnas näsborrar och männen satt under tjocka fällar. Några av kuskarna hade riktiga vargpälsar där bara näsorna stack fram i takt med att de i gungande rörelser manade på sina hästar. Framme i Mossel hörde de klangen från klockorna i Floda kyrka. När de passerade Tyskhuset, som Erik brukade kalla det i sina egna tankar, lade han märke till att det lyste i både kök och kammare. Det var nog fler som skulle till julottan eller var det korna som skulle ses till?

På slänten ner mot älven och längs kyrkomuren stod ett dussin slädar uppställda men det var en strid ström av Flofolk som vandrade mot sin kyrka. Inte behövde man ta fram släden när man kunde använda apostlahästarna. Vem behövde skryta med hästar och seldon när ändå alla visste hur många mantal man hade, av både skog och mark. Hästarna blev lite oroliga när tre bilar anlände från Gagnefhållet. Gengasbehållarna behövdes fyllas på, på samma sätt som nu hästarna togs om hand av kuskarna som inte skulle ha tid att gå i julottan.

I vapenhuset stannade många till, man stampade av sig snön och tog av sig sina pälsar eller ullrockar och kappor. Många lade bara helt sonika sina kläder på bänkarna längs väggen medan andra tog med sig ytterkläderna in i kyrkbänken. Erik lade märke till hur nästan alla kvinnor bar sina högtidskläder, sina folkdräkter. Han hade hört att man på mössan och förklädet kunde se om kullan var gift eller inte men han visste inte hur. Han såg ingen från Matsolsgården.

När Erik kom in i kyrkorummet och fick sin psalmbok av kyrkvärden såg han att allt folk från Matsolsgården satt på rad ganska långt fram i kyrkan. Karin och Anna hade sina högtidsdräkter. Bredvid mor och dotter satt Märit också hon i dräkt men med ett annat förkläde. Det lyste av rött, blått och svart i deras dräkter. Karin hade ingen kråka eller mössa på sig alls utan satt med det långa håret i en tjock fläta. Såg inte Anna lite irriterad ut? Hade Karin bara tagit av sig huvudbonaden? Prosten hade märkt upp en bänkrad åt norrmännen men hur de än packade sig fick inte alla rum. Olof som kom in bland de sista gick i stället mot bänken där Karin satt.

Per hade väntat in Karins familj utanför kyrkan och slagit följe. Här satt han nu med Karin i kyrkbänken på julotta. Per hade haft lite olika påhugg under senhösten och tidig vinter och varit ända bort till Ludvika och huggit. Han såg därför fram emot julen och möjligheten att få träffa Karin. Han visste nog att han inte hade mycket att komma med när det gällde penningar men de hade alltid varit goda vänner och Karin hade aldrig hånat honom eller låtit honom känna sig fattig. I stället hade han fått känna sig stolt över att han gjorde rätt för sig och var en rejäl karl. Axel hade nog inget emot honom som svärson på gården men modern var ett hinder. Barsk och oresonlig. Karin ville aldrig tala om någon framtid, hon ville bara ha skoj här och nu. Han kunde inte låta bli att snegla på Karin. Vad hon var grann! Det lyste om henne på något sätt. Han nuddade ibland henne med benet för att känna hennes närhet. Han var så lycklig han kunde vara denna stund. Vem vet vad framtiden kunde bära i sitt sköte? Talade inte prästen om hopp och kärlek. I samma stund trängde sig norrbaggen förbi honom och satte sig som en mur mellan honom och Karin. Karin flinade upp sig och gjorde sig till. Varför hade han inte gjort sig bred och ställt sig i vägen? Nu var det för sent. Han hörde hur Säljefolket fnissade åt honom bakom dem.

Det blev mycket varmt i den fullsatta kyrkan, kontrasten från kylan ute trängde fram svett och högröda ansikten. Psalmsången var stark. Erik kände igen de flesta melodier och när församlingen klämde i med *Det är en ros utsprungen*, så var det riktigt mäktigt. Prosten skällde på församlingen att de minsann inte kom lika mangrant vanliga söndagar. När högmässan var över samlades alla på kyrkbacken utanför. Olof stod redan vid Karin och hennes familj. Per stod ensam i sina slitna kläder, lite vilsen en bit därifrån. Folk strömmade ut från kyrkan och flera grupper bildades utanför kyrkmuren. Märit höll nu Anna i armen. Det var ingen hemlighet att hon trots sitt lite korthuggna sätt uppskattade lite nytt folk som de norska pojkarna. Erik gick också fram till familjen och hälsade artigt.

– God Jul!

Erik vände sig speciellt mot Karin som nu tagit på sig sin broderade ullmössa och vackra tumvantar översållade med blommotiv!

– God Jul själv Erik, log Karin. Tack för tungan!

Karin sträckte spefullt ut sin egen tunga och fortsatte:

– Jag vet inte vad jag ska tycka, känns som att tugga på sin egen!

– Hoppas ni har det bra på Matsolsgården?

Det var Olof som nog tyckte att Erik höll på att ta över samtalet han varit mitt uppe i.

– Tack du. Vi har det bra, svarade Axel. Hälsan står oss bi även om vi fått klara oss utan mor Anna i julförberedelserna. Inte har det varit som vanligt.

Axels martyrroll retade Anna.

– Vad du gnäller. Det var inget fel på din aptit igår vad jag kunde se. Jag räcker nog till både hemma och på Älgberget. Vad er norrman anbelangar så kan ni hållas för er själva. Karin kan ni glömma även om hon inte har vett att sluta uppmuntra er!

Karin blev både ledsen och arg på sin mor. Varför måste hon förstöra den goda stämningen? Varför kunde de inte bara få ha trevligt. Det var ju krig och allt. Hon måste säga något.

– Mor hade gjort i ordning all god julmat i förväg, så det var precis som vanligt. Ni får förlåta henne för ilskan, hon har arbetat hårt.

– Du behöver inte tala för mor din, det gör hon bäst själv, sa Märit och såg med beundran på sin vän.

Olof och Erik skruvade på sig och log bara lite försiktigt. Ingen av dem kunde riktigt värdera situationen.

Per som stått och tjuvlyssnat på samtalet gick nu fram och erbjöd sina tjänster.

– Jag kan väl inte laga mat men om det är något annat jag kan hjälpa till med på Matsolsgården så är det bara att säga till. Jag kommer att vara hemma över det nya året.

– Det var väl en tröst, fräste Anna.

Annas humör blev inte bättre av Pers erbjudande. Olof reagerade överraskande starkt. Om det var för att ge Anna stöd eller om det berodde på egen irritation var svårt att veta.

– Tack, då var det bra! Det går bra att utgå.

Per såg uttryckslöst på Olof. Han knöt sina nävar och under ett kort ögonblick såg det ut som om han skulle ge sig på Olof innan han vände sig om och lommade i väg.

– Tack Per, vi hör av oss om det är något.

Karin hade velat försvara Per men det blev bara de tafatta orden. Hon drog ihop sina ögonbryn och såg argt på Olof och sedan frågande på Erik, som bara skakade på huvudet. Axel hängde inte med i händelseutvecklingen.

– Nu bryter vi upp allesammans.

Hans Anna var inte god att tas med när hon trodde hon behövde försvara sin flicka. Axel tittade efter Per när han halkade iväg ner mot älven.

Pers enda tanke när han gick därifrån med allas ögon på sig var att han aldrig mer skulle vara en sådan mes. Aldrig mer.

Kapitel 20

Sensommaren 1964
Ett upphittat fotografi berättar

FÖR LASSE GICK sommaren -64 med rekordfart. Efter MUCK hade han hängt en hel del med Annelie. Nu kändes det nog för båda att det kunde vara bra med lite egen tid innan de tillsammans flyttade till Uppsala för studier. De hade haft tur och redan kunnat ordna varsitt studentrum inför terminsstarten.

Lasse hade funderat på om han skulle åka upp till Älgberget på 20-års jubileet men när hans mor behövde hjälp uppe på Vålberget så ville han hellre hjälpa henne. Hon behövde chaufför för att köra hem en del pinaler hon haft på fäboden. Saker hon inte längre behövde då hon tänkte sluta med fäbodlivet. Hon ville nog markera det lite extra för mormor, gissade Lasse. Hon och fadern hade till och med bestämt sig för att unna sig en charterresa till Italien nästa vår. Fick hon bestämma kunde fäboden i fortsättningen bara vara deras sommarstuga.

När de kört uppför himmelsbacken och parkerat framför lidret så ville Lasse gå rundan. Det var vägen ner till den andra husgruppen på fäboden, Nedran. I en cirkel kunde han sedan komma upp till Högsta på Vålberget igen via buvägen. Karin satte i gång att gå igenom sina kläder hon förvarat i den stora kistan med årtalet 1711 inristat. Hon tände en eld i lä av huset och började elda upp gamla kläder och annat skräp hon inte ville ha kvar. De saker som kunde vara roliga att ha nere i Hagen lades i bakluckan, bland annat ett gammalt eldstål och ett yllebroderi.

När Lasse kommit tillbaka efter sin runda hade Karin gått igenom kistan men kände sig inte klar.

– Det finns en massa bråte på vinden också. Det vore skönt att få gå igenom det.

Vinden som låg över storstugan hade fönster åt tre håll och från utsidan kunde man ana en andra våning. Men det var från utsidan, vindsrummet erbjöd inte ståhöjd någonstans. Under nocken kunde man stå nerböjd. Eftersom det inte fanns något golv låg sågspånet som isolerade storstugan synligt, väl blandat med muslort och bark från alla granslanor som bar upp pärttaket och som genom åren lämnat sina spår. Närmast storstugans takbrädor låg tidningar för att hindra spånen från att rinna ner till det rummet. Lösa gamla ramsågade brädor fungerade som landgångar över havet av sågspån.

När Lasse hukande klev in på vinden mötte han en kraftig solstrimma där dammet avtecknade sig nästan som en extra stolpe för takkonstruktionen. Eftersom vinden inte var mussäkrad räknade han inte med några mer spännande fynd. Flera par gamla skidor med läderbindningar och bambustavar stod lutade mot den bortre kortsidan. Ett laggkärl stod nära den kraftiga skorstensstocken av gråsten. Han balanserade lite på den bräda han stod på och kikade ner i laggkärlet. Där låg en stövelknekt och något mer. Han nådde inte ner men orkade nog dra till sig laggkärlet. Där fanns också en massa smidesdelar och ett stort blocklås. Det kunde ligga kvar. När han skulle lyfta tillbaka tunnan, såg han en färgavvikelse där spånet tryckts ihop. Han kände med handen och kunde lyfta upp en gammal kaffeburk i plåt. Nu blev städningen lite mer spännande. Vem hade gömt denna burk? Vad kunde den innehålla?

Han gick så långt han kunde på brädan närmare ljuset från gavelfönstret och blåste av burken. Det gick överraskande lätt att lyfta upp locket.

När han kom ut till Karin och höll fram burken, såg hon både överraskad och obekväm ut.

– Vad har du hittat?

– Är det din?

– Ja, den hade jag alldeles glömt. Den är från krigsåren.

Karin tog emot burken och öppnade den.

– Här är en massa brev bara.

Karin tog hela bunten och bläddrade igenom den som om hon letade efter något och kastade sedan breven på elden. Lasse gjorde en ansats att plocka upp de torra breven som i nästa stund fattade eld. Han blick sökte sig till modern. Vad ville hon dölja?

Där låg också några tvåkronor och andra mynt i botten på burken.

– Tror du det kan vara något värde i de här?

Lasse svarade inte. Han tittade på sin mor och drog fram ett fotografi.

– Det här låg också i burken. Var det fotot du letade efter bland breven?

– Få se.

Karin var irriterad.

– Vi går från elden först.

Lasse vände sig om och gick runt huset och in i lidret. Hans mor kom efter. Hon satte sig bredvid Lasse som lagt fotografiet på bordet framför dem. Det var ett svartvitt fotografi som klarat sig undan blekning där det legat i sitt mörker. På fotot stod Karin i mitten flankerad av två uniformerade unga män. De log alla mot kameran. Lasse kände igen syrenbuskaget, de hade nu samma buskage strax utanför liderporten. Karin hade en vit blus och håret utsläppt och hon var vacker. En brosch var fastsatt på den enkla arbetsblusen. Nu satt hon helt stum och tom bredvid Lasse.

– Är det här Olof och Erik?

Lasse studerade fotografiet noga. Modern var försjunken i tankar och svarade inte.

– Vilka är männen? Är det han som är min far, Olof?

Vem skulle det annars vara, tänkte Lasse. Karin pekade på den ena mannen.

– Det där är Olof Rude. Och den andre är Erik Stadsnäs.

Hennes röst var svag.

– Han som var spion? Vad gjorde han här? Och varför står det så här på baksidan?

Lasse vände kortet där det stod en hälsning.

Ett sommarminne från två av alla dina beundrare på Älgberget!

Nu log Karin lite motvilligt.

– Det här var innan allt blev olycka. Vi visste inget om att Erik var spion då och förresten var han inte mycket till spion heller. Han hade berättat hur många de var på Älgberget för att rädda sin familj i Norge. Inget som någon blev lidande av. Det här är taget 1944.

Erik tittade noga på båda männen.

– Jag är inte det minsta lik Olof.

Karin stirrade på fotografiet utan särskilt fokus. Hon lät Lasses ord sjunka in i tystnaden på Vålberget där bara rasslet från asplöven lade sig i.

– Det var Erik jag höll av mest.

Karin kunde inte längre gömma den sorg hon burit på i så många år. Hon grät stilla och snörvlade.

– Vad ska du tro om mig! Du förstår att Erik och jag var också samman den sommaren, men vi var försiktiga. Det var verkligen inte Olof.

Nu var Karin svart i ögonen. Lasse drog efter andan.

– Men då kan det lika väl vara Erik som är min far!

Han tvingade sig att fästa blicken på stockarna i lidrets väggar.

– Och Norgepengarna, var inte de från Olof?

– Jo, de var från honom. Han ville jag skulle ha de pengarna om något hände honom. Han visste aldrig om dig.

Det märktes att Karin tänkt igenom detta grundligt sedan länge.

– Vad är detta för något? En osedlig kvinna, soldater, pengar och ond bråd död.

Karins örfil träffade Lasse med en snärt.

– Du ska inte sätta dig på några höga hästar! Du var inte med!

Karin reste sig så hastigt att stolen for i golvet. Hon satte av nerför lindan. Lasse kunde höra hennes hulkande och kände sig illa till mods. Han hade gått för långt och fått sin mor att för första gången slå honom. Han reste sig och började följa efter, men stannade obeslutsamt. Vad skulle han säga. Han ville ju bara veta.

Kapitel 21

Sensommaren 1964
Lasses studentliv i Uppsala tar sin början

LASSE HADE TAGIT hand om fotot och ju mer han studerade bilden desto osäkrare blev han på om Olof var hans pappa.

Det drog ihop sig till avfärd mot Uppsala och han skulle få skjuts av Per till Djurås för att ta Dalpilen där. Annelie skulle ansluta i Borlänge. Han hade packat sin väska kvällen innan och nu skulle familjen ta en fika innan det var dags. Mormor hade dukat upp bullar, mandelkubb och mängder av småkakor. Finporslinet var framme. Lasse märkte att det var lite högtidligt.

– Ska Lasse inte ha någon mat med sig till Uppsala?

Morfar var orolig för svälten i staden.

– Det finns ett korridorkök, så vi kan laga egen mat och en affär alldeles bredvid Rackarbacken. Det heter så där jag ska bo.

Han var lite upprymd. Per var som vanligt men Karin var dämpad. Det hade hon varit sedan de var uppe på Vålberget och hittade fotografiet. Lasse visste inte hur han skulle hantera situationen. Borde han säga något så de kunde lämna det bakom sig? Han drogs med lite av den högtidliga stämningen.

– Jag och mamma hittade ju det där fotografiet på norrmännen och mor under kriget. Jag vill bara säga att jag haft en fantastiskt uppväxt och att jag aldrig känt mig som ett halvsyskon med en annan pappa.

Lasse tittade på Per. Han hade ju tänkt sig att ge uttryck för tacksamhet men det hade låtit väldigt pompöst. Per nickade också bara åt honom. Karin tittade bara på honom lite uttryckslöst. Det var i stället mormor som reagerade.

– Det är klart du inte gör! Vi har aldrig gjort någon skillnad. Tvärtom har du fått allt och nu ska du till Uppsala på föräldrarnas bekostnad.

Hon drog efter andan och fortsatte:

– Du borde skämmas att rota i allt gammalt. Ser du inte att mor din blir ledsen. Det för inget gott med sig att rota i gamla sår och olyckor! Du får lova att sluta med det! Lovar du det?

Den gamla kvinnan hade arbetat upp sig till en irritation som behövde få utlopp. Hon var högröd i ansiktet och hennes händer darrade.

– Det var inte min mening att göra någon arg eller ledsen.

Lasse var lite chockad över reaktionerna runt bordet. Framför allt hans mors uppgivenhet och mormoderns starka känslor som bara vällde fram.

– Ja, ja. Nog om detta, nu ska vi väl få tretåren mor.

Axel var inte heller mycket för att rota i gammalt, speciellt inte om det förstörde kaffestunden. Mandelkubben blev lite torr utan kaffe till.

ᔓ

När Lasse och Per satte sig i bilen och körde ut på Hagvägen såg de Märit stå lutad mot gärdsgården och titta efter dem. Lasse vinkade men Märits blick mötte inte hans utan försvann i fjärran. Ute på stora landsvägen på väg till Djurås tog Per till orda.

– Du gör mamma ledsen. För henne är de där åren ett stort sår. Du vet att hon inte velat tala om det där alls under tjugo år. För mig får du gärna rota men blanda inte in henne i det. Förstår du?

– Jag ska göra mitt bästa men du förstår väl också att jag vill veta vem jag kan brås på, en spion eller en motståndshjälte?

– Det är väl så, men du är den du är. Du vet ju heller inte hur de var. Vem var god och ond under de där åren?

Per hade egna minnen från den där tiden. Han fortsatte:

– Jag säger det inte för att hamna i bättre dager själv men han Olof var ingen trevlig människa. Så du ska vara glad att du inte är som han.

– Var ni osams på något sätt?

Pers käkar spändes innan han pustade ut och svarade.

– Ja, det var väl ingen hemlighet att vi var några slags rivaler men så mycket mer var det väl inte.

Lasse tänkte på att Per funnits kvar trots att han uppenbarligen inte hade varit mammans förstaval. De borde ha varit fiender men det ville inte Per tillstå. Lasse kände återigen att han ville tacka Per på något sätt.

– Jag är i alla fall glad att det blev mor och du till slut.

– Det är jag också!

Per skrattade till och fortsatte:

– Du har säkert tänkt på Norgepengarna. Om det var rätt att ta dem.

– Ja, det har jag gjort. Mor verkade ju inte älska honom ens då?

Per formulerade sig i skallen en stund.

– Jag tänker så här, sa Per. Den där Olof var riktigt rik, utan familj. Han levde farligt, kunde dö när som helst och ville inte att hans pengar skulle gå till tysken om han dog. Han ville hellre ge dem till Karin och hennes familj. Jag tog inte mor din för pengarna. Det tror nog ingen så länge som jag sprungit efter henne.

Per log och fortsatte nu mer koncentrerat.

– Jag kom ju från små förhållanden, det vet du. Vet inte om du kommer ihåg torpet jag växte upp i? Nu är det ju borta och vi är ganska förmögna. Men jag har aldrig svultit på riktigt och bryr mig egentligen inte om prylar eller lyx. Det är inte jag som vill åka på charter. Men pengar gör saker möjliga.

Han tystnade och körde koncentrerat över järnvägsövergången.

– Axel såg till att vi köpte skog för det mesta av pengarna, fortsatte han. Det var klokt. Går jag på våra skiften idag känner jag mig stolt och glad. Jag och Axel lämnar efter oss en välskött skog. Det pengarna gjort för mig är att vi kunnat bygga upp sågen. Det är det roligaste jag vet, att kunna bygga något. Nu satsar vi på timmerbilar och åkeri för att köra ut virket till järnaffärerna. Om några år flottar ingen längre, då ska vi vara på banan ordentligt med ännu fler timmerbilar. Jag tänker att din lillebror blir en utmärkt åkare. Sven är ung men har tumme med chaufförerna och älskar att meka själv. Bosse är mer av försäljare. Det är därför han nu jobbar på kontoret med alla grossistkontakter. Att bygga upp något. Pengarna behövs för att kunna bygga något. Ett bolag på tre ben, det är framtiden.

Det var nog det längsta tal Lasse hört från sin pappa, han kände sig stolt och förstod sin far bättre, varför han alltid verkade vilja arbeta. Det var inte bara en vana från de år då han varit tvungen. Per hade hämtat andan och fortsatte nu.

– Jag har läst om statarna i romaner, Lars Hård och Moa Martinsons böcker. Men jag känner inte igen mig. Det var en annan slags fattigdom. På godsen var det andra skillnader. De fattiga var många och hade det gemensamt, som någon slags identitet. De var lantarbetare. Eller som i Joe Hills visor, arbetarna var stolta och allt byggde på deras gemenskap.

Per tystnade när han behövde köra om en folka som masade sig fram. Han fortsatte:

– I Floda var det inte så. Det fanns inget annat än sockengemenskapen på gott och ont. Här byggde alla sin identitet på om man var en arbetskarl eller inte. Därför kunde man bli accepterad även som fattig och illa ansedd som rik. Visst visste alla vem som hade det gott ställt men alla arbetade själva. Han Olof är nog den enda som behandlat mig som sämre. Så ja, jag kanske njuter lite extra av att det är hans pengar, men mer att pengarna kan förverkliga mina drömmar Lasse. Människan måste drömma!

Per slog handen i ratten och skrattade innan han fortsatte.

– Du är smartast i familjen, kan förstå hur maskiner och elektricitet fungerar. Jag förstår att du vill läsa mer om mekaniken och fysiken. Jag vill att du ska veta att om du inte vill stanna där i Uppsala så har jag alltid tänkt dig som ansvarig för sågen. Den kommer ständigt att behöva moderniseras om man vill ligga i framkant. Lasse, folkhemmet ska byggas och vi levererar virket!

ශ

Väl i Uppsala fylldes dagarna av allehanda praktiska bestyr.

De skrev in sig på V-Dala nation. Det gamla nationshuset, bergsmansgården, skulle ersättas av ett nytt modernt hus ritat av en finsk arkitekt. V-Dalas inspektor Gunnar Tideström hade hälsat dem välkomna och samtidigt bett om ursäkt för att det skulle bli några röriga år. Annelie kastade sig in i nationslivet och Lasse följde med på det mesta. Gasker och utflykter i alla fall men någon kör eller nationsorkester ville han inte vara med i. Annelie som spelade tvärflöjt hade gått med i Kruthornen. Hon hade visserligen aldrig spelat Tiger Rag på flöjten men togs emot med öppna armar! Lasse trivdes bättre på Fysikum i Engelska parken. Tiden försvann. Om det inte var föreläsningar eller laborationer så sögs Lasse upp av allt annat som hände i lokalerna. Kvällarna blev ofta långa och inte minst de klassiska experimenten och bevisen roade honom.

Han och Annelie gled ifrån varandra och Lasse tog det inte så hårt när hon gjorde slut. Men han fick alltmer tid för sig själv och tankarna om ursprunget började dyka upp igen. Sakta tog en allt fastare plan sin form. Han behövde träffa Erik Stadsnäs för att få lugn och kunna lägga historien bakom sig, annars skulle den alltid finnas kvar mellan honom och familjen. Men hur skulle han gå till väga? Han hade bara ett namn och kanske hade Erik ändrat sitt namn efter domen?

Lasse hade träffat en kille från Västerås på nationen som studerat juridik i flera år nu. Kunde han ha något uppslag? Lasse bjöd på kaffe på Ofvandahls och lyckades få kamraten intresserad. Denne tog på sig att skriva till juridiska institutionen vid Oslo universitet för att den vägen få en ingång till Domstolsväsendet. Det var där de trodde att de behövde börja.

Det visade sig att Erik hade bytt namn till Erik Kongsberg men det fanns ingen adress. Kanske bodde han inte ens kvar i Norge. Däremot fick Lasse tillgång till broderns adress, en Sigvard Stadsnäs, läkare i Bergen. Lasse skrev ett öppet och ärligt brev där han la alla kort på bordet. Han bad helt enkelt om kontaktuppgifter till Erik. Svaret dröjde men när det kom innehöll det inga uppgifter om Erik, däremot en inbjudan till Bergen.

Kapitel 22

Våren 1965
Lasse besöker Eriks bror i Norge och sanningen kryper närmare

DET SKULLE DRÖJA till påskledigheten innan Lasse tog sig till Bergen. Han hade fått adressen till Sigvards hem, en stor patriciervilla på en östsluttning med utsikt över en bit Västerhav. Han flanerade några timmar i Bergen i väntan på att klockan skulle bli fem som avtalat. Det var Sigvard själv som öppnade och han bjöd Lasse att komma in i ett bibliotek där det var framdukat te och scones.

– Jag hoppas ni inte ätit så jag får bjuda på något när ni farit så långt.

Sigvard haltade lätt men såg annars vältränad ut. Att han var framgångsrik avslöjade inte bara huset utan också möbleringen som var klassisk med orientaliska mattor och mycket skinn.

– Tack, gärna. Jag hade tänkt äta senare efter vår pratstund.

Lasse sjönk ner i en av skinnfåtöljerna, lägre och förmodligen mer sliten än han hade trott. De gamla fjädrarna hade förlorat det mesta av sin spänst.

– Ett vackert hem ni har!

– Tack, det mesta i det här rummet fanns i mina föräldrars hus i Kongsberg. Jaha, hoppas det går bra att jag kallar er du? Du kan kalla mig Sigvard.

Lasse log och nickade och läkaren fortsatte.

– Du har frågor om min bror? Du är inte journalist så jag undrar varför du kommit. Kan vi börja där?

– Ja, hans och min familjs öden under kriget verkar ha flätats samman. Han umgicks med den som pekats ut som min far. Lasse tittade lite prövande på Sigvard som frågande möte hans blick. Lasse fortsatte.

– Jag vill väl helst träffa honom själv om det finns en adress. Men om det finns saker jag kan ha glädje av att veta så lyssnar jag gärna.

– Efter vårt samtal behöver jag fråga Erik om lov om han vill träffa dig. Om han går med på det skickar jag hans adress till dig.

Sigvard var bestämd.

– Naturligtvis, det blir bra.

Lasse väntade ut sin värd som till slut fortsate.

– Om det finns något att berätta? Det jag vet handlar väl mest om Erik och vår familj. Om någon kamrat vet jag inget.

Sigvard tog sats och fortsatte.

– Jag förmodar att du vet allt om polistrupperna så det lämnar jag därhän. Vår familj hamnade direkt på kollision med tyskarna. Min far sprängde Kongsbergs gruva där han var chef redan den nionde april och sköts dagen därpå. Min mor och våra två syskon satt på Grini största delen av kriget. Jag och Erik fortsatte studera. Att de lät oss göra det berodde på att de tänkte rekrytera någon av oss som spion. Det blev Erik. Jag hamnade i motståndsrörelsen i stället. Blev halt på kuppen.

Han strök sig längs med benet och fortsatte:

– Det var inte lätt för Erik. I samband med krigsslutet eller redan 1944 blev han avslöjad och ingen förlåter en spion. Inte ens vår mor. Hon har inte velat träffa Erik sedan dess. Våra systrar har nog gjort det på senare tid men jag tror Erik fortfarande skäms och gärna håller sig undan. Han bytte namn, visste du det?

– Ja, han tog Kongsberg i stället.

Lasse försökte ta in allt.

– Hur är er relation idag, frågade han och såg smärtan i Sigvards anletsdrag.

– Jag klandrar honom inte. Tyskarna hade kunnat ta mig i stället. Och han avslöjade heller inget av betydelse, vad jag vet. Men det är Erik som håller sig undan. Jag tänker att han straffar sig själv. Det blev värre när min förra fru, Ylva, blev inlagd på sinnessjukhus och sedan avled. Hon var också gisslan tillsammans med mor och våra systrar men råkade värre ut. Hon hamnade i Tyskland men kom hem via Röda Korset.

Sigvard tog en paus och fortsatte.

– När Erik avtjänat sin fängelsedom läste han klart och blev bergsingenjör.

– Har han familj?

Lasse ville få så mycket information han kunde innan Sigvard avslutade samtalet.

– Nej, det har han inte.

På väg till hotellet visste inte Lasse om han verkligen ville träffa Erik. Och skulle Erik vara tillräckligt nyfiken på honom för att vilja träffas?

ഗ

Lasse hade ledigt några dagar till så han mellanlandade i Floda. Det var fortfarande vinter även om det börjat slaska. Vägarna började bli mjuka och spåriga vilket omöjliggjorde körning av timmer så det var lite av lågsäsong både på såg och hemma på gården.

En förmiddag när han drack elvakaffe med sin mor och sina morföräldrar berättade han om besöket i Norge. De hade en del frågor om Erik, nog mindes de honom fortfarande. Det ena ledde till det andra och samtalet kom in på Olof. Rätt som det var hörde Lasse sig själv fråga:

– Hur var det egentligen med Olof? Hur kunde olyckan hända? Han var väl van att handskas med sprängmedel? Kan någon annan ha varit inblandad?

Hans blick svepte runt på de andra som satt rätt uttryckslösa. På nytt kände han att han var ute och tassade på sådan mark som inte borde beträdas. När skulle deras tålamod ta slut denna gång?

– Nej, det är väl svårt att tro. Polisen kom ju fram till att det var en olycka.

Det var hans mor som svarat.

Morfar Axel som fortfarande envisades med att dricka på fat, placerade en sockerbit mellan tänderna och sög i sig mer kaffe.

– Ja, varför tror du det Lasse?

Mormodern tittade på Axel med hopdragna ögonbryn.

– Jag kanske bara vill veta mer om mina rötter om han Olof?

Karin som suttit tyst kunde inte höra mer.

– Nu får du ge dig! Jag har berättat om både Erik och Olof den där sommaren och du har fått fråga allt du vill om Norgepengarna. Nu får du växa upp Lasse! Slutdiskuterat om detta, annars kan du stanna i Uppsala.

Lasse slog ner blicken och insåg att han drivit det för långt.

– Jag är ledsen mor. Förlåt.

Modern svarade inte men grät nu med tysta hulkanden. Axel kände sig medskyldig.

– Förlåt Karin. Det var mitt fel också.

Axel såg olycklig ut.

Lasse kunde ändå inte släppa tanken på att det bästa vore om de verkligen fick klarhet.

ဢ

Dagen därpå sökte Lasse upp Märit. Hon bodde ensam i en mindre gård närmare forsen. När han kom in i farstun kände han lukten av gummistövlar och något surt han inte kunde identifiera. Hans gudmor bjöd honom att sitta ner vid den prydligt broderade duken. Lasse såg sig omkring. Kammaren var fullständigt översållad med broderade dukar, broderade bonader och till och med broderade remsor som höll upp brickor hängande på väggen. Själv balanserade hon sin kaffekopp stående mot diskbänken. Hon såg att hans blick vandrade och berättade gärna.

– Den där har mormor din broderat.

Den bonad hon nickat på föreställde en gammal kvinna som satt vid ett bord under devisen; *Kaffetåren den bästa är av alla jordiska drycker.* Märit hade åldrats och besökte dem inte så ofta längre. De drack under tystnad tills Lasse kände att något behövde sägas.

– Hur mår Märit?

– Du är rar du Lasse som tänker på mig. Det är slut med kärringen, sitter mest hemma och klappar katten och tänker på mina synder. Själv då, trivs du i Uppsala?

Lasse tänkte att så värst mycket synd hade det väl inte fått plats i Märits liv men han höll igång pratstunden.

– Jo, det är bra. Kul, men ibland känner jag mig lite onyttig.

Märit skrockade.

– Det är Axel som spökar, han vill alltid få andra att känna sig lata. Tur för Anna att hon fick komma upp på Vålberget och vara sig själv ibland.

Tystnaden infann sig igen och de tittade båda ut mot vägen där Märit ansat häcken väl för att kunna hålla koll. Hon bröt till slut tystnaden.

– Vad ville du egentligen Lasse?

Lasse försökte inte dölja sin tvehågsenhet

– Jag tänker mycket på olyckan med norrmannen uppe på myren. Vet Märit något?

Märit tittade länge på Lasse innan hon började formulera sig.

– Jag, vad skulle det vara. Jag har aldrig varit i händelsernas centrum. Jag håller koll på vägen jag.

Hon ruskade om Lasse i håret när hon tog hans kopp och bar den till diskhon.

Kapitel 23

Sommaren 1944
Den första kärleken

ERIK HADE FORTSATT att skriva brev till Karin i Hagen. I breven berättade han om livet på Älgberget och om hur mycket han tänkte på henne, hur vacker hon var och hur gärna han ville se henne igen. Det var trevligt att få dem. Hon såg fram emot att sprätta upp ett nytt brev, sätta sig med en kaffekopp och långsamt läsa den prydliga handstilen. Karin svarade inte på dem trots att Erik bad om det, visste egentligen inte varför. Inte förrän mängden brev blev besvärande i föräldrarnas ögon tog hon mod till sig och skrev. Det var ett snällt brev hon skickade till svar. Karin förklarade att hennes föräldrar reagerat och kanske skulle förbjuda henne att träffa honom om han fortsatte att skicka breven. De skulle inte ses på Älgberget den sommaren. Karin förklarade i brevet att hon inte fått jobb där. Kunde han inte hälsa på uppe på Vålberget i stället? Hon skulle tycka det var trevligt.

Erik läste brevet många gånger och bar det i sin plånbok. Ett hoppfullt brev. Han skulle inte få hjälpa till med slåttern i Hagen utan hade tilldelats en bonde i Mossel. Det var inte hans tyskkontakt i alla fall men de skulle nog ses och han borde passa på att lämna någon slags rapport då. Men slåttern var några veckor fram. Veckan efter midsommar skulle han ha nästa permission.

Midsommaren firades på Älgberget inför höjdare inom norska legationen. Tänk om han hade fått vara med Karin i stället. Men permissionen infann sig till slut och på en lånad cykel begav han sig redan den första morgonen mot Floda och Vålberget.

I den sista backen upp till fäboden ledde han sin cykel. När han kom upp på krönet och kunde se utsikten västerut blev han hänförd, så vackert det var. Det var tomt på folk men han hörde någon som högg ved några hus bort. När han kom fram till Matsolsgårdens fäbod satt Karin där på en pall med en smörkärna fastklämd mellan knäna. Hon sken upp och småsprang honom till mötes. Hon sträckte sig upp och gav honom en snabb tafatt kram.

– Vad roligt att du kommer och hälsar på! Tack för alla brev!

Karin log och strök sig nervöst på förklädet.

– Tack själv, för ditt.

Han skrattade. De tittade på varandra utan att någon kom på att säga något. Det var som att de båda ville fånga ögonblicket för att kunna minnas och gömma det. Karin bröt förtrollningen.

– Här står jag bara. Du vill väl ha kaffe?

– Gärna, men ditt smör?

– Sätt dig, jag gör klart bara, högst några minuter till.

Erik satte sig på fållbänken de ställt ut i lidret och tittade på Karin där hon satt utanför dörren och stötte med kraftiga tag. Några lockar hade ramlat ur schaletten hon knutit runt det långa håret. Solen värmde och Karin var fascinerande vacker. Sund och glad var nog orden som beskrev henne bäst men orden räckte inte till riktigt tänkte Erik och kunde inte slita blicken från henne. Karin kände det och tittade upp på honom och skrattade.

– Nu får det duga. Nu ska det tvättas men det kan jag göra sedan. Vi har modernare grejer i Hagen men det här är ganska kul. Det gamla sättet.

Hon lyfte in laggkärlet i mjölkkammaren. Erik följde efter och läste alla namn som fyllde väggen både i lidret och i mjölkkammaren.

– Det ligger en timmerpenna där!

Karin pekade.

– Är det ok att jag skriver?

Erik tänkte på föräldrarna. Nu skulle de se att han varit här.

– Absolut!

Karin tittade på Erik när han skrev sitt namn med snirkliga bokstäver.

– Kom nu.

Karin tog Erik i handen och han följde villigt efter in i storstugan där Karin sköt in trefoten med kaffepannan över glöden i spisen. Hon slängde på några till vedträn och blåste i gång elden. Erik stod mitt på golvet och bara tittade på henne.

– Men sätt dig så ska jag ta fram doppa, skrattade Karin och skakade på huvudet. Vi har bara skorpor och kex, inget nybakt. Jag hade väl kunnat baka något om jag vetat att du skulle dyka upp.

Hon for mellan det lilla köket och storstugan med koppar och kakfat.

– Ni har ingen vedspis i köket?

Erik visste av egen erfarenhet hur mycket mer praktiskt det var.

– Nej, du. Här ska det vara som det alltid varit. Det är också lite kul, man vänjer sig. Det går bra att koka gröt, soppor eller kalops och sådant men då får man sitta och röra hela tiden.

– Du tycker det mesta är lite kul du, skrattade Erik. Jag tog med lite amerikanskt fläsk om det kan passa till mat.

Erik öppnade sin ryggsäck och höll fram ett pappersinslaget paket.

– Ja, sa hon, då kan vi göra kolbullar till middag eller vill du hellre ha pannkakor?

Det verkade som Karin kunde det mesta. Erik såg belåten ut och svarade.

– Det är lika gott båda, välj du.

– Då gör jag pannkaka, det är lättast.

– Hoj i stugan!

Karin hade inte hört någon komma. Det var Märit som bodde ett par stugor bort och som tillbringat så många somrar där med hennes mor. Märit klappade Karin kärvänligt på kinden.

– Du har främmande Karin, då skulle jag väl inte störa men det är brådskande!

Hon tittade på Erik.

– Nej det gör inget. Det här är Erik. En kamrat från när jag jobbade på Älgberget.

Erik sträckte fram sin hand

– God dag, Erik Stadsnäs.

– God dag på dig. Jag heter Märit.

Nu vände hon sig till Karin.

– Blenda har försvunnit med kalven sin bort mot Trollkärringholarna. Vi ska ut och söka allihop. Karin tittade på Erik, som snabbt förstod situationen.

– Jag kan hjälpa till förstås.

De var sju personer som spred ut sig på en linje när de väl passerat stället där alla korna hade varit tillsammans senast. Då och då syntes spår. Märit gick emellan Karin och Erik. Karin förstod mycket väl att det inte var en slump. Hon var så nyfiken, hon Märit.

– Titta efter spår, men det förstår du väl själv.

Karin fick ropa till Erik. Också en romantisk utflykt, tänkte hon. De hittade ganska snart tydligare spår och kunde då gå snabbare och mer målmedvetet. Det visade sig att kalven gått ner sig i ett surhål och Blenda hade följt efter och försökte puffa på sin kalv. Kon stod med frambenen nere i gyttjan. Märit tog befälet.

– Det här ska vi nog klara av utan häst. Vi börjar med att dra upp Blenda. Ta varsitt ben och två tar i svansen.

Själv piskade hon kossan på mulen lite försiktigt. Med ett klumpigt bakåtsprång tog sig Blenda upp ur gropen. Kalven var marigare men detta hade hänt förr. De högg ner några gallringsgranar och började fylla surhålet med granris och stör. Det behövdes inte så mycket innan det bar för kalven. Leriga högt upp på benen både kritter och folk kunde de ganska snart bege sig hemåt igen. Märit var nöjd, inte lite självgod över sitt ledarskap så hon tog täten och utvecklade nyttan av allt de gjort. Karin och Erik dröjde sig kvar och hade inte bråttom. Ganska snart var de ensamma.

Karin tog Erik i handen och de gick en lite annan väg tillbaka. När de kom till en öppen solbelyst glänta mellan några stora granar slog de sig ner. Erik lade sig på rygg och njöt av försommarsolen och den klara luften. Det doftade gran och varm jord. Inte en mygga hade de känt, bara om några dagar skulle det vara annat. Stora fjärilar de glömt namnet på gled till synes planlöst fram i den svaga sommarbrisen. Karin tog ett grässtrå och kittlade Erik i örat.

– Du Erik, när kriget är slut åker du hem till Norge då?

– Det beror väl på om jag har något att stanna för?

Han rullade runt och tittade lite skälmskt på Karin och fortsatte.

– Om det ska bli något mellan oss så är ju det viktigt.

Karin ville vara mer allvarlig.

– Det är sant. Men du då? Skulle du kunna tänka dig att flytta?

Hon log och fortsatte.

– Jag är ju enda barnet men vår gård är nog egentligen för liten för att försörja en familj. Så då får jag ta någon bonde med mer mark i så fall.

– Finns det någon lämplig då, i rätt ålder?

Erik såg inte alltför orolig ut.

– Jag gillar mogna män, speciellt dem med mycket skog och många kor.

Karin kände att hon lätt fick ett övertag på Erik när de munhöggs.

– Jag har ju berättat om att jag är nästan klar bergsingenjör. Det finns många gruvor i Sverige. Skulle du följa med då? Om vi bor i Sverige?

Nu var det allvar i Eriks fråga.

– Du får väl fria så kanske jag ger besked.

– Vill du gifta dig med mig Karin?

– På det kan jag inte svara tvärt. Måste kolla i kaffesumpen först.

Karin rullade över Erik och de kysstes där, på mossbädden i den varma solgläntan. Den lätta sunnanvinden försökte lite försiktigt störa de två men det var inget någon av dem märkte.

Tiden rann iväg och det blev lite svalare, kanske därför kom Karin att tänka på smöret.

– Nej jag behöver hem och göra klart smöret, så det inte förfars.

Hon reste sig upp och rättade till sin klädsel. Erik satte sig upp och lutade sig bakåt med utsträckta armar.

– Får jag följa med?

Karin var väl så ivrig och hade tänkt ut en plan.

– Nej, inte nu. Kom i kväll i stället, när morkullorna börjar dra. Gå runt Vålberget och kom upp från baksidan så att inte kärringarna ser dig.

Erik kände sin iver.

– Men när är det?

Karin log och svarade:

– Ja, de kanske slutat dra dessutom. Det är väl vid tio eller elva tiden. Du får spana lite innan du smyger uppför lindan. Jag ska ingenstans.

När Erik cyklade från fäboden kände han sig segerrusig och full av energi. Allt skit han varit med om var ingenting i vågskålen. När han visste att han var utom hörhåll började han sjunga för full hals, alla de slagdängor han kunde både på tyska, norska och svenska.

När han kom ner till älven letade han upp en plats där han kunde vänta till kvällen. Han hoppade först i det iskalla vattnet. När han kröp upp kände han sig nästan pånyttfödd. Kallt vatten hade alltid den effekten på honom, han blev med ens pigg och kände sig fräsch men det var också som om alla hans sinnen skärptes. Han la sig i gräset och soltorkade innan han letade upp det bröd och den ost han hade i ryggsäcken. Fläsket låg ju kvar uppe på Högsta. Aldrig förr hade en torr brödbit, osten och älvvattnet smakat så gudomligt.

När morkullorna börjat dra sa hon. Drog det några morkullor nere vid älven? Tur att hon hade sagt ett klockslag också. Solen hade börjat vandra synbart mot väster så det var väl lika bra att börja röra på sig. Han gömde cykeln väl under en tät gran och började smyga upp mot Vålberget längs buvägen. Utan cykel skulle det vara lättare att gömma sig om någon kom. Men han mötte ingen. Innan han kom fram till vägskälet där vägen delade sig mot Nedran smög han in i skogen och gick i en stor halvcirkel runt berget.

När han närmade sig dörren öppnade Karin den försiktigt och vinkade in honom. Hon hade hållit utkik efter honom. När hon dragit igen dörren och låst, kysstes de snabbt innan hon vände sig om och försvann ut i köket. Erik såg att hon dragit ner alla rullgardiner. Karin hade dukat åt dem. Knaperstekt fläsk låg på ett fat och en hög med pannkakor tronade på ett annat.

– Jag stekte fläsket ute, det blir så osigt annars så det är kallt. Hoppas det duger?

– Det ska du veta att kallt fläsk är det bästa jag vet!

Erik lutade sig över fatet och drog in doften med ett belåtet stön. De lät sig väl smaka. Det var den första riktiga maten de båda åt under hela dagen. De småpratade om allt mellan himmel och jord och samtalet bara flöt på med iver och glädje. Det var först när de satt med sitt kaffe som det blev mer allvarligt.

– Du får sova här om du vill. Karin tittade ner i kaffekoppen

– Det vill jag gärna.

Erik skrattade till och kände hur förväntningarna stegrades. Var det de två nu?

Karin kände på dörren och slängde på några fler vedträn på elden, mer av tankspriddhet eller nervositet än för att det behövdes. Sommarkvällen var fortfarande ljummen. Hon satte sig på en stol och drog av sig kjolen och blusen. Sittandes i sin särk tittade hon på Erik.

– Ja, det är väl dags att lägga sig?

Erik svarade inte utan började klä av sig han också. Karin reste sig upp och ställde sig framför den öppna spisen och tittade på Erik. Erik såg tydligt Karins nakenhet genom den tunna särken i ljuset från elden. Karin skrattade till och hoppade ner i den stora utdragssoffan och drog det röda täcket över sig. Erik var inte sen att följa efter. De drog täcket över sina huvuden och där i mörkret utforskade de varandra och de fröjder som de nu villigt ville skänka varandra.

Kapitel 24

Sommaren 1944
Det största sveket

NÄR KARIN VAKNADE var hon ensam. Hon hade bett Erik gå innan gryningen för att inte bli sedd av någon. Nu låg hon och tänkte, visst kunde hon kosta på sig en sovmorgon.

Vad hade hon varit med om? Det fanns en djurisk sida, som hon sett så många gånger när brunsten gjorde sig påmind i kättar och hagar, men det fanns också en annan sida. Något vackert och skört i mötet mellan själar som bara vill älska varandra. Hon log för sig själv, så tramsiga de varit! Allt de sagt till varandra. Inget man sa när man satt och drack kaffe precis.

Skulle hon säga något till föräldrarna eller hade det gått för fort? Hur väl kände hon Erik egentligen? Var hon beredd att möta en framtid med honom, vart den nu skulle leda? Hennes tankar började snurra. Allt som känts så problemfritt och enkelt igår började hon nu ifrågasätta. Nej hon skulle inte säga något hemma, inte ännu. Men hon skulle lära känna Erik bättre, absolut, vara med honom så mycket hon kunde. Inte kunde något så vackert vara fel?

Komidsommaren kom och på Matsolsgården hade de inte fått någon hjälp från Älgberget detta år. Per ställde dock upp som alltid och i det fina vädret var de klara i god tid för danslekarna nere på

Norsbron. De åt som brukligt en god middag innan men detta år var det bara familjen och Per som deltog.

– Per, ser du till att Karin kommer hem ordentligt, i år blir vi inte med. Det är inte lika roligt längre med det där.

Axel lutade sig tillbaka vid matbordet och släppte upp livremmen.

– Det gör jag förstås.

Per väntade vid dörren på att Karin skulle bli klar med sitt hår och sin utstyrsel.

De hörde fiolerna innan de kom fram till träbron och de blev nog båda lite ivriga. Per tog Karin i handen och de småsprang över älvbron. När de kom fram var både Erik, Olof och ett dussin andra norrmän där och stämningen var god. Byns ungdomar kände vid det här laget de flesta norrmän och accepterade deras närvaro. Per tog Karin om livet och de for ut i en polska. Erik och Olof tittade roat på de dansande och applåderade när Per och Karin efter dansen kom fram till dem. Nästa dans var en vals och Karin tog Eriks hand.

– Nu ska vi dansa Erik!

Det gick ju inte att tala med varandra men de kände nog båda en speciell gemenskap. Erik höll om Karins rygg och upplevde kontakten som berusande. Karin var andfådd och han kände hennes varma andedräkt mot sitt ansikte när hon skrattande vände sig mot honom. Valsen tog slut men följdes direkt av en till och en till.

– Nej, nu får det räcka. Erik du tröttar ju ut Karin helt!

Olof tog dem bägge i varsin arm. De skrattade och ställde sig vid vägkanten.

– När du har hämtat andan Karin hoppas jag du vill dansa med mig också.

Horgalåten hördes nu från spelmännen. Olof såg genast missnöjd ut.

– När de spelar något man kan dansa till vill säga!

Han tänkte inte ge upp.

– Hambo, Karin!

Per tog fatt i Karin och de stegade i väg i takt med musiken bort från de andra. Olof såg inte helt nöjd ut utan klev fram till spelmännen och bad om vals med en ganska bestämd röst.

När hambon var slut sökte Karin upp Olof. Hon kände att stämningen förändrats och ville bara att alla skulle trivas. Det gick lite knackigt med valsen, den var svår, och inte bara Olof och Karin hade problem med den. Till slut var det ett par från Holsåker som skrek åt spelmännen.

– Det där var illa spelat. Nu vill vi ha hoppleken.

Olof drog med sig Karin till de andra, ytterligare en dans han inte behärskade.

– Nej, nu behöver vi vila.

Karin var den som lättast kunde avstyra fler danser. De tittade på dansen, som till slut blev en ren uppvisning där två riktigt duktiga par visade sina färdigheter.

Därmed var det slutdansat för den kvällen. Olof hade som vanligt tillgång till en bil från förläggningen och erbjöd sig att skjutsa hem Karin, även Per fick följa med en bit. När de skiljdes åt erbjöd han sig att också skjutsa upp Karin till Vålberget nästa dag.

– Då följer jag gärna med också, sa Erik bestämt.

Han bevakar mig, tänkte Karin belåtet.

När bilen dök upp utanför Matsolsgården följande förmiddag så var inte bara Erik med utan en till karl från Älgberget.

– Det här är Petter Mouhag, sa Olof. Han är fotograf. Han har lovat att följa med och ta lite bilder.

När de senare åkte upp till fäboden bjöd Karin dem på kaffe i lidret. Petter hade ställt sin kamera på kaffebordet. Karin hade aldrig sett en sådan behändig kamera tidigare, bara lådkameror. Den här hade ett objektiv som stack ut och avtryckaren satt på toppen av kameran inte på sidan. Hon läste Leica på framsidan och frågade om hon fick hålla den.

– Det går bra, du kan få prova att fota också, log Petter.

– Nej det är ingen bra idé. Jag tycker Karin ska vara med på alla bilder. Men du kanske vill ha den här Karin. Jag har en gåva till dig.

Olof tog fram en dräktbrosch man kunde hålla ihop sjaletten med. Det bars sådana till Flodadräkten också men den här var annorlunda. Karin såg direkt att den var norsk med sina hängande småberlocker från det större silverstycket. Olof räckte fram det i sin öppna hand.

– Den tillhörde mors bunad.

Karin tog emot gåvan och såg beundrande på den.

– Tack Olof. Den är jättefin.

Karin höll upp den mot solljuset som glittrade mot silvret. Olof tyckte det fick räcka.

– Hur ska vi stå Petter?

Olof reste sig upp ivrig att de skulle komma i gång.

– Det är lite knepig sol. Jag vill inte ha någon skugga i bilden men om jag står kvar och ni ställer er framför syrenen.

Petter pekade på den stora busken. De tog både gruppkort och flera kort på bara Karin. Det var kul tyckte hon.

De satte sig i lidret igen. Karin serverade påtår och var på ett sprudlande humör. Olof kunde inte slita blicken från henne. Så söt hon var. Ett liv tillsammans med henne skulle kunna göra livet meningsfullt. Hon om någon skulle kunna läka hans sår. Han samlade ihop sig.

– Jag kommer med korten när Petter framkallat och gjort kopior men nu får vi fara.

De kramade alla Karin lite flyktigt. Karin försökte möta Eriks blick lite extra och höll kvar den så länge det behövdes för att det skulle glimma till i hans.

ꟽ

En sen eftermiddag kom Olof ensam tillbaka till fäboden. Karin hörde bilen och mötte den. När Olof steg ur höll han ett brunt kuvert i handen.

– Vad spännande! Har du korten med dig.

Karin ville gärna rycka kuvertet ur hans hand men han höll upp det mot himmelen.

– Vi sätter oss i lidret.

Nu fick Karin kuvertet och hon drog ut bunten med kort och började bre ut dem på bordet.

– Så jag ser ut, helt vild! Och där vindögd! Men det är fina kort, Olof.

Hon var mest intresserad av dem på henne själv och sorterade dem efter hur bra hon tyckte de var. Olof satt bara nöjt och tittade på henne. När hon var klar började hon titta på gruppkorten. Hon lät pekfingret följa sina ögonrörelser och när hon tittade på Erik så stannade fingret där en lång stund.

– Har ni något ihop? Har du och Erik något ihop?

Nu var Olofs goda humör som bortblåst och Karin blev nästan lite rädd. Vad skulle hon säga? Vem var han förresten att ställa henne till svars?

– Det kan man väl säga, vi håller av varandra mycket.

Karin hade tittat ner på kortet igen.

– Har ni knullat?

Karin hajade till. Hade hon hört rätt? Hon såg upp på Olof som hade blivit högröd i ansiktet. En åder bultade i pannan. Han svepte ihop korten och slängde dem på Karin.

– Svara, har ni knullat?

Han jagade upp sig alltmer och befann sig i ett slags kallt ursinne. Karin reste sig hastigt. Hon tände också till.

– Det har inte du med att göra! Komma hit och vara otrevlig!

Olof tog tag i hennes båda händer och drog utan ett ord in henne i storstugan. Hon spjärnade emot men märkte att hon omöjligt kunde parera hans bestämda tag.

– Varför kunde du inte vänta på mig, sa han hest. Jag hade tänkt fria sen, när kriget är över.

– Sluta vad gör du Olof! Sluta!

Karin kände smärtan i armarna och blev nu riktigt rädd. Olof var på något vis inte kontaktbar.

– Tänk på att det är folk på fäboden, bönade Karin.

– Håll käft då!

Olof tryckte ner henne på utdragssoffan. Hon kände den hårda soffkanten pressa mot ryggen när han la sig på henne med hela sin tyngd. Hur kunde det här hända! Hon var alldeles tom i huvudet och flämtade när hon försökte få luft.

– Han kan vara tysk spion den djävulen, och honom har du knullat! Hora!

Karin kämpade emot. Hon försökte slita bort hans armar men det var som om han var gjord av sten. Olof som hon känt sig så trygg med var en helt annan nu. Vita blixtar sköt i hennes kropp.

Vanmäktigt kände hon hur han tvingade isär hennes lår och med våld trängde in i henne. Som en kompakt övermänsklig tyngd tryckte han gång på gång ner henne mot träbritsen. Späntkniven stod lutad mot spiselmuren. Kunde hon nå den och hugga honom? Nej, hon spändes som i en båge och försökte först sparka sig loss men märkte att det inte gick och blev helt apatisk. Det var som om hon drabbats av en förlamning som inte ville släppa. Som ett slaktdjur! Viljelöst låg hon blick stilla och lät honom hållas. Hennes snyftningar lät alldeles främmande.

Det var över efter en kort stund. Han drog på sig byxorna, mumlade något hon inte kunde uppfatta och gick ut och stängde dörren. Hon hörde bilen starta och fara i väg.

Karin låg kvar på soffan. Tystnaden efter att bilen farit nerför backen fyllde rummet. Hon försökte försiktigt röra sig. Det gjorde ont överallt och hon blödde. Hon ville inte tro att det hon varit med om var sant. Men det hade ju hänt. Hon hade legat där och det hade hänt. Hade hon kunnat göra mer motstånd? Varför hade hon inte skrikit mer? Nej! Djävla, helvetes, skit, varför gjorde han så?

– Hur är det? Är du dålig?

Hon hade inte hört Märit som kommit via det öppna lidret.

– Jag såg att det låg fotografier överallt därute.

Märit ställde sig mitt på golvet och tittade på Karin.

– Jag tänkte luta mig lite bara efter att Olof drog. Han blev arg men det är inget. Jag lovar.

Karin satte sig förvirrat upp på soffkanten och rättade till sina kläder. Märit såg länge och uppmärksamt på henne.

– Du är illröd om handlederna och du har gråtit. Jag tror dig inte Karin. Har han tvingat sig på dig?

Märit ville lägga sin arm om Karin som skakade av sig henne.

– Jag vill att du går nu! Säg inget till mor. Säg inget till mor, lova det.

Märit satt kvar bredvid Karin.

– Det förstår du väl att jag måste Karin, sa hon bestämt. Din mor och jag har levt hela våra liv i lag. Det jag vet, vet hon.

Redan samma eftermiddag kom fadern upp till Karin. Karin hade tvättat sig grundligt. Det var också det enda hon kunnat ta sig för.

– Märit kom ner till Hagen och springer runt och sladdrar.

Axel var orolig och såg uppmärksamt på henne.

– Vad händer här uppe Karin?

– Inget som far behöver oroa sig för.

Karin orkade inte se sin fars reaktion och vad skulle det löna? Hon tittade ner och försökte andas som vanligt.

– Jag ser att det är något min flicka. Vi sitter här tills du berättat.

Karin hade försökt resa sig från bordet men fadern la nu sin grova hand på hennes. De satt tysta och väntade ut varandra, båda av samma envisa släkte.

– Märit säger att du haft flera norrmän i omgångar hos dig.

Det var fadern som först tröttnade på att vänta.

– Märit är en sladdertacka!

Karin tände till men i samma stund började hon gråta och reste sig så hastigt att fadern inte hann med. Hon slängde sig i utdragssoffan. Kroppen skakade och hon hulkade.

– Min flicka.

Fadern satte sig på soffkanten och försökte stryka sin skakande flicka på ryggen.

– Allt blir bra, allt blir bra.

Att vara arg tjänade ingenting till nu insåg Axel. De satt i tystnad den tid det tog för Karin att stilla sig.

– De är olika far, norrmännen. Erik är bra men Olof kan vara en djävul.

Det brast igen för Karin. Gråten vällde fram som en vårflod. Det behövdes ingen mer förklaring, Axel förstod.

– Gråt min flicka, gråt.

Axel stirrade ner på trasmattan som om han räknade varpen om och om igen.

– Den djävulen! Jag ska slå ihjäl honom. Detta har han inte gjort ostraffat. Det lovar jag.

Tankarna skrek i hans huvud.

ஐ

Axel tog med sig Karin ner till Hagen där modern väntade och genast tog initiativet. Anna sa upp sig på Älgberget redan nästa dag. Hon lovade att stanna de dagar det behövdes innan ersättare var på plats. Det skulle inte bli något problem att hitta någon, försäkrade Anna.

Nästa dag stötte Anna på Olof i matsalen. När han såg henne spelades händelsen på Vålberget upp igen för honom. Vad hade han gjort, vad hade Karin provocerat honom till! Det som varit så givet att hon var den han skulle dela livet med. Så vacker och passande som hustru! Han knöt händerna i fickorna. Dessutom hade han ju till och med skrivit in henne i testamentet innan han åkte på sabotaget mot Terboven. Och så gjorde hon honom så illa!

Han försökte få kontroll över sitt ansiktsuttryck och hälsade artigt.

– God dag, är allt väl i Hagen?

Han måste ju säga något även om det där kanske inte var så väl valt.

– Tack du.

Anna gjorde sitt bästa för att pressa fram ett leende.

– Jag har sagt upp mig här, vi har för mycket jobb hemma, fortsatte hon. Nu har vi myrslåttern vi inte hunnit med och dikesrensning.

– Det var synd. Vi kommer alla att sakna er mat.

Olof var besvärad av samtalet men försökte att verka säker och såg på Anna som fortsatte.

– Inte skulle du kunna komma loss en dag och hjälpa oss uppe på fäboden? Karin skulle uppskatta det!

Olof hade inte väntat sig detta och det syntes på honom att tankarna malde. Det verkade som om Karin inte berättat något. Skämdes väl förstås. Han såg ut som ett frågetecken när han svarade.

– Vet inte. Det är mycket här också. När skulle det vara?

Anna förstod mycket väl att han försökte dra sig ur genom att dagen inte skulle passa.

– När som helst, myrslåttern kan stå tills det passar. Jag kan tala med majorn om du vill. Han ville ge mig en avskedspresent.

Nu satt han nog på kroken tänkte Anna.

– Nej det behövs inte. Jag kan styra min tid själv ganska bra. Ska vi säga onsdag?

– Det blir bra det. Seså nu får du röra på dig, fler vill ha mat.

Anna hade rätt, en försvarlig kö hade bildats men ingen ville utmana eller stressa på Olof så de stod alla beskedligt och väntade.

Kapitel 25

Sommaren 1944
Döden på Vålbergsmyren

Måndag 10 juli

Sprängolycka i Västerdalarna

Dala-Demokraten kan som första tidning redogöra för en sprängolycka med koppling till utbildningen av norska polistrupper vid Älgberget utanför Dala-Floda. En person är förolyckad men polisen är i övrigt förtegen kring om eventuella brottsmisstankar föreligger. Den avlidne ska enligt källa vid Älgberget vara instruktör. Anhöriga söks nu i Norge innan namnet kan offentliggöras. Olyckan ägde rum på en myr belägen utanför Vålbergets fäbodar i Dala-Floda. Dala Demokraten har förgäves sökt ansvariga för lägret för kommentar kring sprängningen och varför den ägt rum så långt utanför lägret. Ett trovärdigt vittne med koppling till fäboden menar att norrmän befunnit sig vid fäboden under ett par års tid och att de även har haft nära kontakt med boende där.

ര

Det var en strid ström av nyfikna som de närmaste dagarna tog sig upp till Vålberget för att få en glimt av olycksplatsen. Karin orkade inte vara där uppe så Anna tog ensam hand om korna. Hon höll sig undan både från besökare och de andra på Högsta. Märit blev den som tog hand om alla som dök upp och följde med dem ner till myren. De andra kvinnorna på Vålberget lät henne hållas och de lät Anna vara i fred. Det var bäst så. Nere i Hagen knackade journalister dörr men byn slöt sig. De kände olust och ville inte lämna ut någon i Hagen. Om det ens fanns någon att lämna ut. Efter några dagar svalnade intresset från journalisterna. Man hade nog gjort de intervjuer man kunde och kramat ut det sista. Saken var dödfödd när inte ens polisen läckte några uppgifter och en myr var inte mycket att visa upp i längden.

Nog pratades det många år i Hagen om olyckan och flera hypoteser vädrades. Hur var det med MatsOls folket och var tyskspionen inblandad? Eller var det trots allt en olycka eller en olycklig mans sista utväg?

Historien fick ett uppsving när Karin på Matsolsgården ärvde pengar efter offret. Och en oäkting hade hon fått. Det gick nog att lägga ihop ett och ett, resonerade man. Men som någon sa:

– Det där är inte vår sak, låt polisen rota i det. Axel och Anna är ändå rejäla även om dottern är lösaktig. Det har hänt förr. När föräldrarna är för slappa så tar lusten över.

Kapitel 26

Sommaren 1944
Polisförhören

DET VAR ANNA och Erik som hade anmält olyckan eftersom de hade befunnit sig på Vålberget. De hade tagit Olofs bil till Älgberget och där berättat vad som hänt. Lägerchefen hade genast ringt efter polis som dök upp efter en dryg timme. Anna lämnade sina vittnesuppgifter och fick vänta på att de skrevs rent av en polisman som lånat lidret för att knacka ner utsagorna på sin skrivmaskin.

Erik förhördes samtidigt men togs även in för ett regelrätt förhör morgonen därpå. Man ville kontrollera uppgifterna från dagen innan. En efterlysning av Olof hade samtidigt gått ut som rikslarm, för att undanröja eventuella tvivel om den förolyckades identitet. Även detta förhör hölls på Älgberget av svensk polis. Erik fick redogöra för hur Anna på Olofs vägnar ringt efter honom, hur han fått en order att hörsamma kallelsen och att han blev uppskjutsad till Vålberget. Kommissarien bar inte uniform men det gjorde hans bisittare. Någon advokat hade inte erbjudits Erik. Kommissarien var noga.

– Redogör utförligt för vad som hände efter det att du träffade Anna vid den aktuella fäboden dagen för sprängningen.

Erik hade knappt sovit under natten och kände sig nästan vimmelkantig, han hade heller inte fått någon frukost.

– Vi kom samtidigt upp till Vålberget eller fäboden. Hon sa att Olof sagt att jag skulle gå ner till myren direkt då jag kom. Hon följde med för att visa var Olof var. När vi bara gått en liten bit hörde vi explosionen. Vi sprang ner dit och Olof syntes inte till. Det var otäckt. Vi såg rester av en människokropp.

Han harklade sig och fortsatte:

– En arm och klädrester. Vi förstod att det var Olof. Sedan hittade vi hans klocka, bilnycklar och kniv på en stubbe.

Polisen bytte spår.

– Visste du att det går rykten om att han på något sätt skulle ha förgripit sig på MatsOls Karin?

Erik svalde och knöt omärkligt händerna under bordet.

– Nej. Det har jag inte hört. Har ni frågat Karin själv?

Kommissarien skakade på huvudet.

– Nej vi får se. Det har ju inte kommit in någon anmälan. Ok, vad hände sedan?

– Vi tog oss upp till Olofs bil och körde hit till Älgberget och anmälde vad som hänt. Alltså vi båda, Anna och jag.

Polisen skrev och drev på förhöret.

– Det spekuleras om att han inte mådde så bra. Kan du föreställa dig att han ville ta sitt liv?

– Ingen aning. Han har talat om att han blivit en krigsmaskin som inte skulle kunna leva ett normalt liv när det blir fred. Visst var han psykiskt pressad och lite labil…

Bara ett par timmar efter det inledande förhöret greps Erik igen, nu som tysk spion, av svensk militärpolis som bistod norska legationen. De förde honom direkt till Stockholm för vidare förhör. Polisförhören om Olof arkiverades och utgjorde en betydande del av den förundersökning som till slut landade i att Olof förolyckades under en övning den där sommardagen eller alternativt tagit sitt liv. Eriks vittnesmål ifrågasattes visserligen när han blev gripen som spion men slutsatsen fick bero.

Kapitel 27

Våren 1965
Lasse träffar Erik

BREVET DÖK UPP i Lasses postfack i början av maj. Det var kortfattat.

Norberg 1965-05-03
Hej
Vi kan ses den 17 maj 15.00 i Norberg, på Elsa Anderssons konditori om intresse fortfarande föreligger
Vänliga hälsningar
Erik Kongsberg

Lasse hade ju berättat för familjen att han träffat Sigvard men han tänkte inte säga något om det kommande besöket i Norberg. Han hade kollat upp i telefonkatalogen och Erik fanns där med hänvisning till Gruvförvaltningen. Det var väl mer en arbetsplats än den vanliga yrkestiteln men Lasse såg logiken. Norberg var tillsammans med Grängesberg och Kirunafälten centrum i svensk gruvnäring.

Han hade hört sig för lite på nationen om Norberg och bestämde sig för att försöka åka fram och tillbaka samma dag. Det tog bara en dryg timme från Uppsala till Krylbo och sedan gick det bussar därifrån. Han var i god tid. Vid busstorget köpte han en läsk i kiosken och gick mot det torg han uppfattade som centrum. Där låg en stor rund brunn av sten där man på kanten kunde sitta som på en bänk.

Granitytan kändes kall och hård när han satte sig på brunnskanten och lät blicken svepa runt torget. Kyrkogården mitt emot var omsluten av ett järnstaket och flera gravvårdar var av järn. Inte alls som gravarna hemma i Floda. Ett sexkantigt benhus samlade de ben som kommit i dagen under olika anläggningsarbeten. Det lilla huset smyckades av stora järnstycken med olika inskriptioner. Detta var järnbärarland, sedan tidig medeltid navet i Bergslagen. Kyrkan i sig var imponerande med ett högt torn och skiffertak, inte pärt som på de flesta husen i Floda. I söder avgränsades torget av en hotellbyggnad, Hotell Engelbrekt. Frihetskämpen var ju från en bergsmanssläkt i Norberg, det var en av sakerna de känt till på V-Dala. Han såg inget konditori, så han frågade en man som kom ut från en av skoaffärerna på andra sidan Engelbrektsgatan.

– Du får gå till strykjärnet, så ser du Elsas. Mitt emot Näbbgården.

Mannen pekade samtidigt bort mot Hotell Engelbrekt. Lasse tackade, korsade gatan och följde husraden på andra sidan. Rakt fram såg han strykjärnet. En trekant i järn med kartreliefer på alla sidor, som fungerade som någon slags trafikdelare. I samma stund såg han det gula huset och kände nu också en omisskännlig doft av kaffe. Där låg Elsa Anderssons konditori. Namnet avtecknade sig på fasaden i stora bokstäver. Ett gult vackert hus där kunder som var på väg in nästan krockade med några på väg ut med papperspåsar i sina händer. Han var tidig men bättre det. Då kunde han samla sig lite.

Innanför ytterdörren sköt han upp en svängdörr, dörrbladen var läderskodda där de mötte varandra. Handtaget var en rund mässingsknopp som många händer kramat. Han hade nog aldrig känt en sådan intensiv doft. En härlig koncentrerad doft av kaffe och nybakat. Rakt fram stod en stor glasdisk som en slags barriär in mot köket. Glashyllorna var fyllda av bakelser, tårtor och andra bakverk i perfekta linjer och på disken stod fat med olika bullar upplagda mer huller om buller. En ung tjej med en gammaldags finklänning och väl struket förkläde log mot honom. Lasse log tillbaka.

– Vad gott det luktar här när man kommer in!

– Det sitter i väggarna. Vad får det lov att vara?

– Jag väntar på sällskap och beställer helst om en stund. Går det bra att sitta ner så länge?

– Javisst, gör det.

Hon vände sig om och gick med snabba steg ut i köket. Lasse såg sig omkring. Till höger låg ett ljust möblerat rum som avslutades med någon slags veranda. Åt andra hållet var rummen möblerade mer i allmoge, lite mörkare. Där såg det ut som om man kunde prata mer ostört. Lasse satte sig så att han såg ingången. Varje gång dörren öppnades steg hans puls. Var det hans far? Skulle han känna något speciellt, något biologiskt? Rent fysiskt kände han svetten tränga fram. Han torkade oupphörligt av sina händer på byxbenen.

På slaget tre kom Erik in genom dörren. Lasses andhämtning stannade nästan upp innan pulsen började rusa. Nu händer det, var den första tanken som for igenom hans huvud. Han kände knappt igen Erik från fotografiet utan fick titta länge innan han blev säker. Skulle han själv se ut så där om tjugo år om livet blev tufft? Den unge mannen på fotot var nu en bruten och åldrad man. Han kunde inte ha fyllt femtio på långa vägar men såg äldre ut. Lasse höjde sin hand till hälsning. Erik kom fram och de hälsade ordentligt på varandra. Lasses intryck var att Erik nog inte var så road av att träffa honom. Han såg mest plågad ut. Kanske nervös?

– Låt mig beställa, sa Erik.

Lasse nickade bara till svar. Så många frågor och känslor snurrade runt i honom så han litade inte på sin röst.

När Erik kom tillbaka hade han med sig två siktkakor med leverpastej och saltgurka samt två tårtbitar.

– Jag visste inte om du ätit, jag tar gärna en macka först. Och det här, det är Tangotårta. Det är ett måste när man är på Elsas första gången.

Erik hällde upp kaffet ur den lilla kopparkannan och båda tog rejäla bett på sina smörgåsar. Ingen verkade vilja starta konversationen. Till slut sa Erik:

– Hur är det i Floda med Karin och Per? Jag vet att de gifte sig. Och de gamla, lever de?

Hur kan han vara så neutral? Tänker han inte att jag kan vara hans son? Lasse lät svaret formulera sig självt.

– Tack det är bra, alla lever och har hälsan. Mormor och morfar är ju folkpensionärer nu men skrotar ju på och morfar hugger fortfarande.

– Och du är Karins pojk.

Erik tittade noga på Lasse. Lasse kände ilskan mot Erik växa och tog sats.

– Ja och Olofs eller kanske din?

Erik var inte beredd utan stelnade till. Hans sinnen bearbetade informationen och tankarna löpte i väg till den sommarnatt han så ofta tänkt på.

– Varför säger du så?

Eriks osäkerhet var påtaglig. Lasse fortsatte obevekligt.

– Du kan lika väl vara min pappa. Du ser väl att vi är lika. Eller bryr du dig inte?

Erik mumlade nästan för sig själv nu.

– Karin. Kvinnor vet sådant där. Du är väl Pers? Per är din far.

Erik såg undrande och lite dum ut, när han ställde sina retoriska frågor. Han fortsatte och nu forsade orden snarare fram.

-Om det är sant så har hon svikit mig dubbelt. Tigit om en sådan sak.

Han snubblade på orden. Han såg grundligt på Lasse. Långsamt började en alternativ sanning gå upp för honom.

– Din mor är inte…

Erik svalde slutet av meningen. Efter en kort paus för att återfå kontrollen fortsatte han:

– Mor din gav mig på båten. Hon ville inte veta av en tysk spion. Hon skickade mor sin att göra slut. Jag har aldrig tagit kontakt efter det. Man får förstå det men då kände jag mig väldigt sviken. Jag var förälskad i henne den där sommaren och trodde det var besvarat.

Han såg ner i bordet där kaffet stod och svalnade i koppen. Till sist såg han upp på Lasse som slogs av sorgen i hans ansikte.

– Men om jag ska vara ärlig så kom jag över det. Det har funnits annat i mitt liv som varit knepigare.

Lasse svarade inte utan tog fram fotografiet från Vålberget, vände på det och lade det framför Erik.

– Vi är lika.

Nu brydde han sig inte längre om Eriks känslor, han ville bara ställa honom mot väggen. Lasse pekade på fotografiet och ville få en reaktion.

– Har du inte funderat på vad som hände mor?

– Vill du göra en faderskapsutredning, är det vad detta handlar om? Att jag ska erkänna faderskapet?

Han försökte läsa av Lasse som flammade upp. Hur sjaskigt kunde detta bli. Efter alla år hade han hittat sin far och nu blev det tydligt att han inte ville veta av honom.

– Jag vill veta sanningen! Eller jag vet inte vad jag vill! Jag har alltid sett Per som min pappa.

Efter en kort tystnad lade han till.

– Vill du? Göra en utredning alltså?

Han tittade på Erik som nu gnuggade sina händer i ansiktet.

– Det är som det är. Du är vuxen och vad skulle du ha för glädje av mig?

Erik mötte Lasses sökande blick och fortsatte.

– Tänk på att allt kommer att kastas omkull. Ska jag vara ärlig så är det inget jag tänker gå med på men mest för din skull!

Lasse kände hur han sjönk ihop. Mannen tänkte inte stå för något. Fast egentligen hade ju Erik rätt. Släktskapet var ju så tydligt mellan dem. Vad mer skulle ett test visa? För en kort stund såg han framför sig hur det skulle ha varit att växa upp med Erik som far. Han tvingade sig att ta sig samman och byta samtalsämne annars skulle gråten komma.

– Från början ville jag träffas för att veta vad som hände vid olyckan som tog Olofs liv. Var du med?

Erik satt först tyst och tvingade sig sedan att hänga med i den nya riktningen samtalet tog.

– Nej, men han testade nog någon hemmagjord rörbomb. Han var mycket för sådant. Det minns jag.

Erik tittade rakt igenom Lasse när han svarade.

– Varför på Vålbergsmyra och varför blev det en polisutredning?

Lasse kände att han måste ställa de rätta frågorna.

– Säg det. Vi hade ju varit där en del, på fäboden. Att det blev polisutredning var väl rutin. Lasse, den där olyckan ska du inte heller gräva i. Jag menar det.

Erik försökte nagla fast Lasse med blicken. Lasse svalde och tog sats

– Jag har mardrömmar om den där olyckan. Jag inbillar mig att det inte var en olycka. Att någon låg bakom. Oftast är det mor och ibland Per.

Lasse blottade hela sin ängslan att någon i familjen var inblandad.

– Kan det ha varit mor eller Per som tog ihjäl honom? Per hade tillgång till dynamit. Han har fortfarande dynamit i ladan.

Erik var påverkad av vilken vändning samtalet tagit. Han ångrade starkt att han gått med på detta möte, så mycket av det förflutna som kom upp igen. Inte bara de saker han ville minnas. Alla år han själv hade kunnat styra sina minnen.

– Men varför skulle de döda honom? fortsatte Lasse.

Alla de tankar som plågat honom den sista tiden dök upp igen. Inte kunde det väl handla om Norgepengarna? De kom ju som en överraskning enligt både mor och far. Eller ljög de?

Erik hade stelnat till och gav ingen respons på Lasses frågor. Med känslan av att hoppa från ett stup tog Lasse mod till sig och ställde den fråga som sedan aldrig skulle kunna bli osagd.

– Eller var det du? Du var sprängexpert och lärare på Älgberget. Ville du ha undan Olof så du fick ha mor för dig själv? Var du spion kunde du lika väl vara mördare också?

Lasse såg hur illa frågan gjorde Erik. Eller var det rädsla man kunde se i Eriks ansikte? Tiden stod stilla tills Erik knöt sina händer och spänt började förklara.

– Att vara spion under krig är det mest avskyvärda man kan tänka om någon, så ja, jag skulle lika väl ha kunnat mörda någon. Men jag mördade inte Olof. Jag hamnade i något jag inte kunde ta mig ur, redan i Norge. Jag var inte nazist. Jag hjälpte min far att spränga Kongsbergs gruva. Hur många norrmän gjorde så mycket? Jag var tvungen att spela med och acceptera att bli spion för att rädda min mor och mina systrar. Vad skulle jag ha gjort?

Det var något vädjande i Eriks sökande blick. Lasse försökte sätta sig in i situationen men det var svårt. Att tvingas in i handlingar som stred mot hela ens moral och att få betala för det resten av livet. Sigvard hade ju sagt att Erik knappt hade någon relation till familjen längre.

– Sigvard sa att du inte har någon kontakt med din mor och dina systrar längre. Om du räddade dem genom ditt val, är de inte tacksamma?

– Jo, de klandrar mig inte. Men de är skadade av tiden på Grini och alla hemskheter där. Att träffa mig påminner dem om allt det där ständigt. Bättre då att de kan få glömma. Eller så är det tvärtom att jag inte kan glömma när jag träffar dem.

Erik stirrade på pappersservetten som han vek gång på gång. De satt tysta en stund innan Erik kände att han ändå måste vara den vuxne.

– Ja, du Lasse, vi har alla vårt att bära på. Gräv inte i det där mer. Du blir bara olycklig. Det var en olycka, punkt slut. Berätta i stället om dig själv. Vad gör du?

– Hur kan du vilja kallprata?

Lasse reste sig hastigare än han menat.

– Det är nog bäst att jag går nu. Tack för att du ville träffa mig!

Lasse tvekade men sträckte sedan fram sin hand till Erik som tog den och svarade.

– Vi behöver smälta detta. Här är mitt telefonnummer om du vill prata mer.

Erik satt kvar när Lasse gick ut genom svängdörren.

ꕥ

Lasse hade förberett sig noga men behövde ändå stå med luren i handen en lång stund innan han släppte ringskivan och slog den sista siffran. Han höll telefonluren framför sig och hörde när Erik svarade. Först då lyfte han luren till örat och hasplade ur sig sin utantilläxa.

– Jag tänker släppa det här nu och låta allt bero. Jag vill tacka för att du velat träffa mig men det får räcka. Jag vill bara vara med min familj nu, så vi kan inte träffas mer.

Det blev tyst i luren en lång stund. Han hörde Erik andas genom kopparledningen innan svaret till slut kom, samlat men lite avmätt

– Jag förstår. Det är ok. Du ska inte göra något som känns fel.

Erik gjorde en paus innan han hastigt avslutade.

– Adjö med dig och lycka till i livet.

Erik satt länge kvar vid telefonen efter att han lagt tillbaka luren i klykan. Det gjorde ont. Det där mötet på Elsas hade öppnat en glipa i honom till den där sommarnatten. Karins mjuka hud och hennes tillitsfulla skratt. Och nu verkade allt ha resulterat i en son. En son som uppenbarligen var klok och kunde tala för sig. Hur annorlunda kunde inte hans liv ha varit.

Känslan av att inte hänga med var påtaglig. En son, så fullständigt oväntat. En son med hans drag och hans iver, så som han varit förr. Han kunde inte låta bli att känna en slags motvillig sympati för honom, hur vilse måste han inte ha känt sig i sina försök att hitta sin far. Men ändå, så snabbt han själv blivit avpolletterad. Hur lojal hade han inte varit i alla år och vilket pris de hade låtit honom betala!

Som så många gånger förr var han tillbaka på myren och kände doften av pors, en doft han sedan dess inte tålde. I minnet var det tydligt, den barska Anna och hans stora kärlek till Karin. Var det inte dags för sanningen att komma fram nu?

Kapitel 28

Våren 1965
Lasse och Per talar om framtiden och om det som hände då

HELGEN EFTER MÖTET med Erik for Lasse hem till Floda. Lärkorna hade kommit sedan länge och den sista snön på skuggiga platser förde en ojämn kamp mot våren. Tranornas trumpetande förkunnade dansuppvisningar. Ännu hade inga svalor kommit, det skulle dröja någon tid ännu. Per hade hämtat honom som vanligt i Djurås och han hade nästan direkt frågat om Lasse ville följa med honom och ta upp ryssjorna nästa morgon. Lasse hade helt kort berättat i telefon att han träffat Erik. Han gissade att föräldrarna kommit överens om att Per skulle tala med honom först. Det passade honom bra. Per var den som var lättast att prata med.

De hade en av sina ryssjor i den konstgjorda sjö som bildats när Lillstupets kraftstation byggdes 1911. Kraftstationen var en imponerande anläggning som försåg gruvorna i Grängesberg och Domnarvets stålverk i Borlänge med elektricitet. Här löpte järnvägen längs älven och delade den stora sjö som bildats i dels kraftverksdammen, dels i en mindre vik. I folkmun gick den grunda viken som snörts av under namnet Lusknäppviken.

Familjen hade en gammal spark gömd under en gran som fungerade bra när isen höll på att ge sig men nu hade viken sköljt sedan länge. Därför hade de istället fått låna en eka av en granne. Den hade inte legat i så länge så den var inte helt tät och behövde ösas innan de kunde fara ut. Ryssjan låg grunt längst inne i viken och man såg överdelen tydligt. När de närmade sig såg Lasse hur det nästan kokade i ryssjan. Halva ryssjan låg över vattenlinjen och när Per lyfte den så plaskade gäddorna mot spetsen på ryssjan.

– Oj, nu får vi ta det försiktigt så att inte garnet går sönder.

Per drog upp ryssjan i ekan och fem gäddor slog nu med stjärtarna för att ta sig tillbaka till det syrerika vattnet. Per lät dem ligga kvar i ryssjan tills de blev stilla. Gäddorna ställdes på huvudet i en gammal plåthink.

– Tar du ryssjan så tar jag hinken, vi lägger inte ut dem mer i år.

De hade en till ryssja att ta upp i en liten tjärn på promenadavstånd. På väg dit tyckte Per det ändå var dags att lyfta det de båda säkert gick och funderade på.

– Hur var det att träffa Erik då?

Per tittade rakt fram längs stigen de gick på. Lasse hade naturligtvis funderat mycket på hur han skulle säga.

– Det var bra att det blev gjort. Vi är ju så pass lika att nog är han far min. Men det kändes väl inte speciellt på något sätt. Är det så där jag kommer att se ut, tänkte jag mest.

Lasse försökte skämta men såg att Per inte var mottaglig. Lasse fortsatte.

– Han verkade väl ok och nu har jag väl äntligen fått klarheten jag sökt om min biologiska far.

Per sökte nu Lasses blick.

– Ska ni träffas mer?

Där kom frågan, tänkte Lasse

– Nej, jag ringde och tackade nej till det.

– Sa han något om olyckan då?

Per såg koncentrerad ut och ville veta mer om deras samtal.

– Nej, inget jag inte visste. Han tyckte jag skulle sluta rota.

– Jaha. Det är bra att du fått veta Lasse så att du kan känna dig lugn. Här brukar vi aldrig få något.

Per ökade farten och tog några lätta steg fram mot åmynningen. Han log när han vände sig om mot Lasse.

Den andra ryssjan var tom. De tog med sig även den till bilen. Ryssjorna skulle rengöras och hängas upp i ladan till nästa vår. På väg hem till Hagen satt de först tysta. Det var en tystnad som inte kändes ansträngd för någon av dem. Lasse bröt den efter ett tag.

– Jag har tänkt mycket på det där med sågen och effektiva flöden och hur man skulle kunna få ut olika dimensioner på ett maximalt sätt ur stocken. Det låter spännande. Jag skulle gärna jobba med dig i framtiden. Men jag vill först läsa klart. Jag kan ju börja vara med mer ändå och lära mig. Ett riktigt familjeföretag. Vi borde kunna bli störst i Dalarna!

Per log med hela ansiktet men sa inte ett ord. Till slut la han sin högra hand på Eriks lår och klappade det två gånger.

Kapitel 29

Hösten 1965
Erik erkänner sin del för polisen

Till Polismyndigheten i Stockholm

Mitt namn är Erik Kongsberg, tidigare Erik Stadsnäs. Härmed vill jag ändra min vittnesutsaga från ett förhör jag deltog i sommaren 1944. Under perioden var jag förlagd vid Älgbergets utbildningsläger för norska politiflyktingar. Älgberget ligger utanför Dala-Floda men tillhör Leksands kommun.

Den 16 juni blev jag kontaktad i lägret av MatsOls Anna Olofsdotter med anledning av en tjänst hon ville be mig göra. Familjen hade ett fäbodställe vid Vålberget i Dala-Floda. Jag var bekant med familjen sedan sommaren -43. Vid en myr strax intill Vålberget, hjälpte jag till att spränga kvarlevorna efter en död landsman, Olof Rude, i akt och mening att undanröja resterna av honom. Detta i strid mot vad jag tidigare angav i förhöret 1944.

Jag är införstådd med att det jag gjorde den dagen säkerligen är straffbart, brott mot griftefrid? Jag är beredd att stå för konsekvenserna av mina handlingar. Ingen tvingade mig till detta, vare sig vid händelsen eller nu avseende anmälan. Jag avsäger mig härmed eventuellt rättsbiträde.

Norberg 1965-11-21	*Bolagshagen 6 2tr*	*Telefon 0223 212 14*
Erik Kongsberg	*Norberg*	

Kapitel 30

1965
Polisutredningen tas upp igen med förhör av Erik

POLISMYNDIGHETEN I STOCKHOLM hade agerat långsamt när de fått Eriks brev. Ärendet överlämnades till den enhet som arbetade med "kalla fall". Dess chef, kommissarie Sven Gustavsson, tog kontakt med Borlängepolisen som var behjälplig med allt praktiskt. En lokal i anslutning till polishuset i Borlänge ställdes till förfogande och redan efter ett par dagar hade de etablerat sig där. Inalles var de fyra personer varav en civilanställd sekreterare och allt i allo. Gustavsson ville gärna hålla sin grupp liten och ville själv om möjligt hålla i alla förhör. De hade rekvirerat allt utredningsmaterial som fanns från 1944, vilket visade sig vara ganska knapphändigt. De följde sin rutin att också gå igenom all mikrofilm på aktuella nummer från lokaltidningarna. Det var något de lärt sig, att skapa sig en bild av vad media förmedlade av händelsen gav ofta information om den mentalitet som rådde. I undantagsfall kunde också media ha plockat upp värdefull information som polisen missat i sin utredning.

Den 29 november hämtades Erik av en polisbil i Norberg och kördes till förhör i Borlänge. Gustavsson hade övervägt om han skulle hämta in hela familjen MatsOls samtidigt men landat i att han behövde skapa sig en bättre bild utifrån vad Erik skulle berätta för att kunna lägga upp en förhörsstrategi.

Gustavsson hade med sig kriminalintendent Olsson vid förhöret. När rullbandspelaren var påsatt och all formalia avklarad kunde förhöret börja. Gustavsson förde ordet.

– Först vill jag tacka er för att ni tog kontakt och för er vilja att bidra med det ni vet för att bringa klarhet i det här gamla rättsfallet.

Gustavsson tittade allvarligt men vänligt på Erik.

– Vi hör er nu upplysningsvis.

Eftersom Erik inte svarade fortsatte han.

– Kan ni redogöra för hela händelseförloppet. Ta god tid på er och ta med även sådant som ni själv inte tycker är relevant. Man vet aldrig riktigt vad som är viktigt förrän de sista pusselbitarna är på plats. Varsågod!

Erik harklade sig.

– Ja, det är ju länge sedan men det är inget som jag tillåtit mig att glömma eller ens kanske kunnat glömma. Ni får väl fråga också om det blir osammanhängande.

Gustavsson nickade bara uppmuntrande till honom att fortsätta.

– Som jag skrev deltog jag i utbildningen vid Älgberget från sommaren -43 till några dagar efter sprängningen. Jag blev då gripen och skickad till norska legationen i Stockholm. Där sattes jag i arrest fram till krigsslutet då jag dömdes i Norge till tre års fängelse för spioneri för Tysklands räkning.

Poliserna tittade på varandra. Detta hade de inte koll på. Det hade bara läst själva förhöret med Erik.

– Tre år låter som ett kort straff för spioneri?

Det var den enda fråga Gustavsson kom på direkt.

– Domstolen tog hänsyn till vilken typ av information jag överlämnat och att jag suttit nio månader i Sverige. Jag var heller inte nazist utan gjorde det för att skydda min familj som tyskarna tagit. Det kanske var förmildrande också.

Gustavsson gjorde en anteckning.

– Vad minns du från de där dagarna när sprängningen skedde?

– Fänrik Persson sökte upp mig under en övning jag ledde i en sprängbunker norr om lägret. Han bad mig åka till Dala-Floda, eller Vålbergets fäbod, för att bistå Olof Rude på dennes begäran. Jag fick skjuts dit och släpptes av ute vid landsvägen. Den sista kilometern upp till fäboden promenerade jag.

Gustavsson lade märke till hur Eriks högra ben rörde sig snabbt upp och ner. Varför var han nervös? Erik fortsatte.

– När jag var framme kom MatsOls Anna på sin cykel. Hon berättade att hon varit i Floda och ringt till Älgberget för Olofs räkning. Vi kom upp samtidigt. Ja, sedan bad hon mig följa med för att träffa Olof. Hon tog av sin cykelväska och tog med den.

– Varför gjorde hon det? Vad fanns i den?

Gustavsson hade visserligen för vana att inte störa vittnet men frågorna hade bara kommit.

– Dynamit, men det visste jag inte då.

Erik ansträngde sig för att hitta tråden igen.

– Vi gick ner till myren, kanske en kilometer bort. Hon ledde mig fram till Olof som låg mitt på myren bredvid en liten tall.

Han tvekade och fortsatte:

– Han var död och nästan naken, förutom en brynja. Kläderna låg i en hög bredvid honom.

Nu var det då äntligen sagt. Eriks axlar sjönk märkbart. Gustavsson lutade sig ivrigt framåt.

– Så han låg där död! Hur visste ni att han var död? Hade han några skador?

Gustavsson insåg värdet av den nya informationen och antecknade flitigt.

– Han låg där på rygg och stirrade med vidöppna ögon, fortsatte Erik. Han var röd och svullen kring ögonen, ja hela ansiktet. Men jag såg inga sår eller andra tecken. Han var flammig på något sätt, som om han badat i brännässlor, eller hade brännskador.

Gustavsson nickade åt Erik att fortsätta.

– Anna sa att det skett en olycka och att Karin varit inblandad. Hon ville inte säga mer för Karins skull. Mer än att Olof hade försökt ta Karin med våld och att hon hade försvarat sig. Anna bad mig sedan att hjälpa till att få bort kroppen.

– Och det ställde du upp på?

Gustavsson tittade hastigt på sin kollega. Erik tog en paus och fortsatte mer tveksamt.

– Det skulle ha skadat Karin för all framtid om det kommit ut, och Olof var ju redan död.

Han sökte förståelse i Gustavssons ansikte men fann ingen.

– Fortsätt. Vad hände sedan?

– Sedan berättade hon väl sin plan. När hon ringt från Konsum i Hagen hade det funnits vittnen som hört henne säga att Olof bett henne ringa efter mig för att göra ett sprängexperiment. Ja, hennes tanke var att vi skulle spränga honom så att inga spår eller bevis fanns kvar.

Gustavsson lade sig i, återigen.

– Låter väldigt dramatiskt. Varför inte gräva ner kroppen eller sänka den i en sjö?

– Jag undrade också det men hon menade att det skulle väcka mer misstanke. Vem skulle tro att någon lyckats spränga honom i luften. Hon menade att ingen skulle tro att det gått till som hon planerade helt enkelt. Hon var listig och spelade på mina känslor för Karin. Hon sa ju att Karin var kär i mig och ville gifta sig, något de inte skulle motsätta sig.

Erik tog en ny paus och torkade sig i pannan.

– Ja vet inte varför jag accepterade att hjälpa till. Det har jag funderat mycket på. Kanske var jag avtrubbad av allt som hänt under kriget, eller också var det Karin det handlade om. Eller kanske både och.

Gustavsson kunde inte släppa tanken på att allt Erik sa verkade inövat. Det var som om han rabblade en utantilläxa.

Nu ställde kollegan Olsson en fråga, till Gustavssons ogillande.

– Hur gjorde ni?

– Hon visade mig dynamiten. Hon hade också stubintråd, tändhattar, allt man behövde. Jag frågade henne om de hade något järnrör. Olof hade tidigare tillverkat rörbomber. Vid det laget ville jag det skulle se trovärdigt ut. Hon berättade att det låg några rör under ladan så jag sprang upp på Vålberget och hämtade ett och stack ner det i marken bredvid Olof. Ja, sedan lade jag fyra gubbar under honom, två bredvid och två i röret. Stubinen drog jag över hela myren in bakom ett flyttblock som låg i kanten av myren.

– Såg ni ingen svaghet i planen?

– Jo, jag minns att jag funderade över dynamiten. Olof skulle nog ha använt ett annat sprängmedel men inte säkert. Både han och jag hade full tillgång till dynamit. Det är ju också vanskligt med dynamit. Hade den tinats rätt om den legat i ladan hela vintern? Stubinen var gammal tjärstubin. Visst funderade jag.

Gustavsson som var ordningsam reagerade.

– Men fick ni inte lov att kvittera ut sprängmedel, fördes det inget register?

Erik förstod att Gustavsson ville kunna bevisa att Olof inte rekvirerat dynamit, men fick göra honom besviken.

– I början var det så men ingen skötte de där liggarna så hela -44 tog vi bara det vi behövde. Det var vi bägge och några befäl som hade nyckel till kassunen.

Gustavsson tog sats.

– Erik, stämmer verkligen det här? Levde inte Olof när ni kom fram och dödade ni inte honom tillsammans du och Anna?

– Nej, varför skulle jag då vilja avlägga en ny redogörelse?

Gustavsson ignorerade frågan och började beta av andra detaljer.

– Vad gjorde ni sedan?

– Som jag sa, vi åkte till Älgberget och anmälde olyckan. Det blev uppståndelse och vi hamnade hos lägerchefen. Han ringde ganska direkt till polisen. De kom kanske efter en timme från Borlänge och förhörde oss. De började med Anna och hon fick åka hem sedan. Det var sista gången jag såg henne. Eller en gång till, när hon gjorde slut åt dottern. Sedan förhörde de mig, länge och väl. Jag blev tillsagd att inte lämna förläggningen.

Erik såg ut att noga rannsaka sitt minne.

– På morgonen greps jag av polis när jag skulle äta frukost och blev förhörd. Då berättade jag återigen den historia vi kommit överens om.

Han tog en klunk ur vattenglaset som ställts framför honom.

– Efter förhöret dröjde det bara någon timme innan svensk militärpolis kom och grep mig, nu som misstänkt spion. Militärpoliserna var inte ensamma, folk från legationen, SÄPO och som jag tror några engelsmän. Det hade planerats ett gripande länge som säkert accelererades av händelsen med Olof. Det gissar jag i alla fall.

Han harklade sig.

– Polisen var mer intresserad av spioneriet än mitt deltagande vid explosionen, vilka kontakter jag hade och så vidare. Säpo höll i den utredningen. Jag angav min kontakt i Mossel och berättade allt jag visste om hur tyskarna arbetade, och hur de rekryterat mig och allt.

Erik tog en tankepaus. Han såg med tomma ögon framför sig.

– Sedan fick jag ingen återkoppling eller någon som helst information under min tid i fängelset, vare sig i Sverige först eller i Norge därefter. Men jag har tänkt att det kanske passade både svenskar och engelsmän att Olof bara försvann. Hade han börjat bli en belastning? Ingen norrman från lägret ville ha något med mig att göra när jag släpptes ut, men jag fick väl veta en del ändå. Jag kollade gamla tidningar och la väl ihop två och två.

– Visste Olof att du var spion?

Gustavsson hade låtit Erik berätta. Det flöt ju på bra. Erik tvekade lite.

– Jag vet inte men innerst inne trodde jag nog det då i alla fall. Kanske tyckte jag det var lite skönt att han försvann.

Nu läste Gustavsson under tystnad igenom alla sina anteckningar.

– Är det något mer du kommer att tänka på?

Erik funderade men skakade sedan på huvudet. Gustavsson pekade på mikrofonen.

– Nej, sa Erik

– Tack, då vill jag att ni två väntar här så får jag möjlighet att tala med åklagaren. Du behöver nog nödvändigtvis inte stanna här i natt. Vi får se.

Gustavsson lämnade rummet. De båda männen satt kvar i tystnad. Efter ett par minuter gick även polisassistenten ut. Erik kände sig utpumpad. Det hade varit mycket. Han sträckte på sig och gungade på stolen. När han vaggade fram och tillbaka kom de destruktiva tankarna. Hade han varit feg i hela sitt liv fram tills idag? Och inte kände han sig lyckligare. Under de här tjugo åren hade han i alla fall inte förstört någons liv. Tanken avbröts av att han tappade balansen och nästan föll baklänges innan jämvikten återfanns. Med alla stolsben på golvet satt han stadigt men tankebanan hade brutits. Så dök den upp igen, den fråga som ständigt återkom. Vad gjorde han av sitt liv? Den enda mening hans liv kunde ha var att inte förstöra för andra och att hålla sig undan. Han kunde förstå att Lasse inte ville träffa honom mer.

Gustavsson återkom efter kanske en halv timme.

– Bra, jag har nu talat med vår åklagare. Hon har tagit beslut om att inte anhålla dig i avvaktan på övriga förhör. Vi vill kunna komma i kontakt med dig de närmaste dagarna. Är det någon du vill ringa för hämtning eller så?

Erik behövde inte fundera länge.

– Nej, ingen.

Gustavsson kunde inte riktigt släppa honom. Han tyckte synd om norrmannen.

– Hur är det egentligen?

Erik såg på sina händer innan han tittade upp med något av sin gamla stridslust återfunnen.

– Jag genomförde det kanske viktigaste sabotaget mot tyskarna i Norge under hela kriget. Att jag sen tvingades bli spion räddade ändå livet på min mor och mina systrar. Spränga en död kamrat var bara en parentes, tro mig.

Gustavsson tittade på Erik men brydde sig inte om att svara.

Kapitel 31

1966
Lasses föräldrar och morföräldrar grips i Hagen

GUSTAVSSON LEDDE SIN grupp som han alltid gjorde, en arbetsmetod som inte var styrd uppifrån men som brukade fungera. De hade satt upp fem griffeltavlor. Nu gick Gustavsson mellan dem och skrev ett ord på varje tavla; Motiv, Händelsekedja, Alibi, Relationer och Vittnesmål.

Därefter skrev de i punktform upp vad de visste och vad som framkommit i den gamla utredningen enligt kategoriseringen. När de diskuterat ett tag försökte Gustavsson sig på en sammanfattning.

– När det gäller motiv har vi tre starka motivbilder. Pengarna först. Karin ärver ett ansenligt belopp efter Olof. Genom giftermål får även Per del av dem. Dessutom är säkert både Per och Erik förälskade i Karin. Så förälskade att någon av dem kan döda? Karin blir kanske våldtagen av Olof. Dödar hon honom som hämnd? Axel och Anna får också del av pengarna och kan även vilja hämnas dottern. Karin är den som har de två starkaste motiven. Pengar och hämnd. Eller har mordet inget med familjen att göra? Finns motivet i Olofs liv som sabotör? Tänkte Olof avslöja Erik som spion?

– Händelsekedjan är en svag punkt. Vi vet egentligen inte i vilken ordning allt hände.

– Om mordet skedde i samband med sprängningen har Axel alibi, fortsatte han. Anna och Erik ger varandra alibi, Karin och Per ligger sämre till. Det här kan mycket väl vara en konspiration med flera inblandade, det kan vi inte heller utesluta. Men om han redan var död? Då har vi inget att utgå ifrån.

Gustavsson avslutade sin långa monolog. Alla väntade på att han skulle fortsätta men han verkade ha stannat i tanken.

– Om sprängningen är en vilseledande manöver har vi ingen aning om alibin för ett eventuellt mord.

Gustavsson flyttade sig till nästa tavla och tog upp ett nytt spår.

– När det gäller relationer så har vi en bra koll på den inre kretsen runt familjen men inte avseende Olofs roll som sabotör. Utredningen är knapphändig. Vi får nog svårt att hitta nya vittnen efter så lång tid men vi får se om det blir anledning att skruva på händelseförloppet.

Olsson räckte upp handen.

– Vad har vi från tidningarna?

Gustavsson nickade åt en av de andra kollegerna som såg lite generad ut.

– Tidningarna gav inget. Det fanns tydligen ett vittne i byn som sett norrmän tidigare på fäboden och en del frågor kring platsen för olyckan om varför de sprängde där uppe. Annars var det bara det vanliga.

Gustavsson nickade.

– Tack. De har en poäng där. Varför den platsen?

Frågan fick hänga i luften innan Gustavsson fortsatte.

– Vem kunde vittnet ha varit? Du fortsätter att rota i arkiven i morgon. Ok, inför morgondagen: Vi koncentrerar oss på samstämmigheten i deras berättelser men har våra motivbilder i bakhuvudet. Vi griper Karin, Anna, Axel och Per samtidigt. Vi behöver låna in folk. Fyra gubbar, ordnar du det Olsson?

❧

Gustavsson hade rekvirerat fem bilar till gripandena i Hagen. Förutom hans egen grupp fick han handräckning av begärda fyra konstaplar från Borlängepolisen. Nu stod bilarna på rad utanför Matsolsgården. Poliserna klev ur och gick in på den kringbyggda gården där de möttes av en frågande Axel vid ytterdörren. Han hade sett kortegen och gått dem till mötes.

– Vad är detta? Vad kan jag hjälpa till med?

Gustavsson sträckte fram handen och nickade.

– Jag är kriminalkommissarie Sven Gustavsson och detta är mina kolleger. Kan vi få komma in?

– Alla?

Axel var konfunderad.

– Ja, vi kan sätta oss i köket. Vilka fler är hemma?

– Det är mor och Karin, vi är alla hemma utom Per och pojkarna.

Han hojtade i trappan.

– Mor, Karin kom ner! Polisen är här.

Gustavsson vände sig till två av kollegerna från Borlänge.

– Kan ni åka och hämta Per Andersson från sågen och köra honom direkt till polishuset i Borlänge. Sågen ligger bredvid stationen. Vet ni var?

Båda nickade och gav sig i väg. Karin och Anna som nu kommit nerför den slitna trappan tittade efter dem. Gustavsson pekade på det stora köksbordet.

– Vi sätter oss så ska jag förklara.

– Det har väl inte hänt någon av pojkarna något? Är det Lasse?

Anna gav uttryck för en föraning hon fått. Kommissarien skakade på huvudet. Anna tittade på honom med en genomträngande blick men satte sig stilla.

– Nej då, inget har hänt på det viset. Ni behöver inte bli rädda.

När alla satt sig började han förklara.

– Vi har fått in en anmälan om brott i samband med att Olof Rude omkom sommaren 1944. Vi som är här arbetar i en enhet som sysslar med att öppna gamla utredningar om nya uppgifter framkommer.

Anna avbröt honom.

– Han tog ju livet av sig själv. Eller annars var det en sprängolycka. Vem har anmält?

– Det är inget vi kan gå in på. Ni får följa med till Borlänge. Formellt är ni anhållna, det är ett åklagarbeslut. Ni kan vara anhållna i tre dagar sedan släpps ni eller häktas. En anhållan kan hävas när som helst.

Nu tog Axel till orda.

– Och vad är vi misstänkta för?

Axel tittade på sin fru och dotter. De vände sig mot varandra och såg oroliga ut. Anna strök håret bakom öronen och harklade sig.

– Vi har inget att dölja, ingen av oss. Vi kan åka. Men vi har djur.

Gustavsson såg lite lättad ut och fortsatte.

– Då får vi ordna med avbytare.

– Det behövs ingen avbytare, avbröt Axel. Sven och Bosse kan ta korna. Jag skriver en lapp.

Nu vände sig Gustavsson till Anna och Karin.

– När vi kommer till Borlänge kommer ni att få offentliga försvarare som är med under våra samtal, om ni inte har några önskemål om speciell advokat?

Anna svarade skarpt.

– Jo, vi vill gärna ha gårdens egen advokat. Han bor ute i drängstugan.

Gustavsson log lite avmätt och visade mot dörren.

– Ska vi ta med något, frågade Karin.

– Nej, det ordnas om ni blir kvar.

Gustavsson gick nu före ut mot bilarna.

– Jag ska i alla fall ta av mig förklädet om jag ska in till stan, sa Anna.

Hon brydde sig inte om att dölja sin irritation.

Kapitel 32

1966
Förhöret med Anna

DEN LOKAL BORLÄNGEPOLISEN ordnat låg i en gammal auktionslokal. En omisskännlig doft av mögel kom från rummet de satt i. I rummet, som nu var upphöjt till förhörsrum, var allt utburet utom ett bord, fyra stolar och en tom bokhylla. Bordet var repat och lite vingligt men hade en gång i tiden nog varit elegant med sin mahognyskiva och någon slags intarsia. Stolarna var udda och förmodligen kvarlämnade, osålda efter någon auktion. Rullbandspelaren av fabrikatet Tandberg var desto modernare.

Gustavsson tryckte ner de två knapparna för inspelning och tog den formella biten. På ena sidan satt Anna med sitt biträde, en advokat från Borlänge. Han hade innan förhöret förklarat proceduren och bett henne informera honom om vad som hade hänt 1944. Han var lite sur. Hans klient hade varit mycket korthuggen och inte anförtrott honom någonting.

Anna var samlad och koncentrerad. Hon utstrålade ett lugn som Gustavsson tyckte var svårt att förstå. Var hon helt oskyldig eller så säker på att polisen inte skulle kunna sätta dit henne? Nu tittade hon bara helt lugnt på honom och hans bisittare. Gustavsson harklade sig och inledde.

– Går det bra att jag säger du?

Anna nickade bara lite avmätt som svar.

– Kan du börja med att berätta om var du befann dig vid tidpunkten för sprängningen.

– Då var jag uppe på Vålberget och hade precis träffat Erik Stadsnäs som Olof bett mig ringa efter, svarade Anna lika lugnt som hon gav sken av. Det var en hög smäll.

Anna ångrade sig, hon skulle inte svara på annat än vad de frågade om. Gustavsson fortsatte:

– Vad gjorde du när du hörde smällen? Var du förresten ensam på fäboden förutom Erik, ta det först.

– Jag var ensam från vår familj i alla fall och jag tror inte att någon annan var där på hela Högsta. Men jag vet inte säkert. Ibland brukade vi turas om att passa korna och jag hade ansvaret den dagen.

– Vad hände efter explosionen?

– Ja, som jag sa redan då när jag blev förhörd sist, så sprang vi ner till myren båda två, Erik och jag.

– Vad såg du när du kom ner?

Gustavsson var koncentrerad. Han älskade spänningen i ett förhör och utmaningen i att ställa frågorna i rätt ordning.

– Ja, myren var sprängd, kan man säga så? Vi såg en avsliten arm och slamsor. Det var en otäck syn.

Gustavsson studerade nu Anna noga.

– Fanns det några andra spår av Olof?

– Nej, inga som jag såg först men sedan upptäckte Erik sakerna han hade lagt ifrån sig på en stubbe, bilnycklar, klocka och någon slags militärkniv. Det var mest sprängd torv som hade yrt kors och tvärs, sedan såg vi ett järnrör men inget annat.

– Gick du ut på myren? Hur långt i så fall?

Anna funderade innan hon svarade

– Inte så långt tror jag. Minns inte riktigt.

– Tack, det var mycket intressant, sa Gustavsson, men det stämmer inte alls med det vittnesmål vi fått av Erik. Nu har du chans att ändra din utsaga. Nu vill jag att du är ärlig.

Annas ögon blixtrade till.

– Jag är ärlig! Vad har han sagt?

– Han säger att ni tillsammans sprängde Olof, som då redan var död.

– Den nazisten ljuger. Hur kan ni tro på honom, en tysk spion!

Spelade hon, tänkte Gustavsson och fortsatte.

– Vad tror du Anna? Varför skulle han hitta på något som skadar honom själv?

– Ingen aning men om man är dömd spion och landsförrädare så har man väl ingen heder att tänka på. Han ville väl hämnas på Karin. Han tror Lasse är sonen sin och är arg på Karin för att hon inget sagt. Som om man vill berätta för ett barn att fadern är nazistspion.

Gustavsson antecknade.

– Blev du så här ilsken den dagen också? Var du arg på Olof? Hade han förgripit sig på Karin?

– Du menar att jag var arg på alla karlar då?

Anna insåg nog att hon kanske var väl aggressiv så hon gjorde ett omtag.

– Jo jag var arg på Olof Rude, eller jag tyckte i alla fall att han inte var något bra sällskap för Karin. Jag fick veta först senare att han försökt våldta henne.

Gustavsson bytte ämne.

– Då vill jag att du berättar om vad du gjorde tidigare på den dagen och dagen innan. Vilka du träffade, var du var, ja allt du kommer ihåg.

Anna höjde ögonbrynen.

– Det var en stor fråga. Jag skulle behöva tänka igenom det?

Gustavsson gav henne papper och penna. Det var väl lite oortodoxt men så var det att jobba med kalla fall överhuvudtaget. Vänd mot mikrofonen förklarade han att förhöret pausades i tio minuter. Anna skrev några stolpar då och då på sitt papper. Tjugo år hade gått sedan den där dagen. Ändå mindes hon så väl allt som hade hänt, inte bara den dagen utan under hela kriget. Vad hade hänt sedan dess, inte mycket. Hon väcktes ur sina funderingar.

– Är du klar?

Anna nickade och började sin redogörelse.

– Sprängningen var på en torsdag. På onsdag kom Olof Rude upp till Högsta. Vi hade lite vagt talat om, i matsalen, att han skulle hjälpa till med myrslåttern. Men när han kom upp så sa han att han inte hade tid direkt utan behövde göra ett experiment på myren först. Han visste om Vålbergsmyra så det var den han tänkte på. Han var där till sen kväll sedan kom han upp. Jag bjöd på mat och han frågade om han fick sova över. Han hade en sovsäck i bilen och lade sig på höskullen. Jag sa att det kunde komma in mygg där men det brydde han sig inte om.

Hon tittade på sitt papper.

– Ja på torsdagen så gav jag honom gröt och sedan försvann han ner på myren. Sen kom han upp kanske efter en timme och bad mig cykla ner till Hagen och ringa efter Erik Stadsnäs. Han ville ge mig 10 kronor för besväret, som om jag var en backstugusittare. Jag for i alla fall ner och ringde från Konsum i Hagen. Ja, jag handla lite och stannade till en stund hemma, så cyklade jag tillbaka och då var Erik Stadsnäs redan där.

Gustavsson förde anteckningar.

– Var Erik redan där?

– Ja.

Anna mötte Gustavssons blick utan att rygga.

– Du hade precis sagt upp dig från arbetet som husa på Älgberget. Varför det?

– Vi hade så mycket att göra på gården. Vi gick över alla diken och hade tagit in dagsverkare. Karin lagade mat åt dem och jag behövdes på fäboden. Det gick fort att ordna ersättare så jag hade inte dåligt samvete.

Nu hade hon sagt mer än de frågat efter igen.

Gustavsson gick tillbaka lite.

– När du varit på Konsum åkte du till Matsolsgården. Vad gjorde du där?

– Jag ville väl mest titta till lite, minns inte riktigt. Vattnade säkert pelargonerna.

Gustavsson bestämde sig för att börja konfrontera henne mer.

– Det var inte så att du hämtade dynamit?

– Dynamit? Nej sådant kan jag inte handskas med.

– Men ni hade dynamit på gården?

– Jo, är det förbjudet?

Anna tittade på sitt biträde som nickade avmätt.

– Det ska man ha tillstånd för att använda, sa Gustavsson. Vad använder ni dynamit till på Matsolsgården?

– Ja, det skulle du väl fråga Axel och Per om. Men det är till timmerbrötar, bäverhyddor och till någon stenbumling. Det går ju att fiska med också men det tror jag är mest skrävel. Är det för vi haft dynamit vi är misstänkta?

Gustavsson svarade inte utan fortsatte.

– Så Axel och Per kan spränga med dynamit?

– Ja det kan de. Det kan många bönder.

Gustavsson nickade

– Var du inte nervös när du cyklade uppför buvägen med dynamit i cykelväskan?

– Jo det hade jag nog varit om det varit så. Men jag hade med socker vad jag minns. Det är inte farligt på det viset!

Anna var fortsatt lugn och försökte vara saklig. Gustavsson log nu.

– I detta nu, har vi tagit in en gammal låda med dynamit från er lada. Vet du att fingeravtryck finns kvar i många år även om det är mycket damm över? Fingeravtryck kan skilja människor åt. Det är det nya inom kriminalteknik.

– Det säger du! Ja jag har ju bott där i decennier så då borde ni nog hitta flera sådana där avtryck.

Anna lät inte imponerad.

– Så du erkänner att du har tagit i dynamitlådan?

– Förmodligen, någon gång har vi väl städat även ladan. Jag vet ärligt talat inte.

Gustavsson tittade i sina papper och började repetera tidigare frågor.

– Erik Stadsnäs har alltså en annan version av vad som hände den där torsdagen. Enligt honom övertalade du honom att spränga Olof som då redan var död med dynamit du tagit från gården.

Gustavsson lät orden sjunka in.

– Och vad är frågan? Du har sagt det andra redan.

Anna såg inte så chockad ut.

– Var det inte så det gick till Anna?

– Nej, det var inte så det gick till.

Gustavsson gjorde en paus och tog ny sats.

– Så här tror jag det gick till. Karin slog ihjäl Olof och du fick Erik att hjälpa dig med att bli av med liket.

Anna log och skakade på huvudet. Gustavsson pekade på bandspelaren och Anna svarade nu högt.

– Om du vill jag ska säga om det stämmer så är svaret nej.

Hon mötte hans utan att blinka. Gustavsson kisade lite mot henne, han tänkte inte slå ner blicken först.

– Berätta om Karin och de där två norrmännen.

Han kände nu en svag doft av parfym och svett från Anna.

– Du får väl tala med Karin. De två uppvaktade väl båda Karin som så många andra i Floda.

För första gången verkade Anna lite osäker under förhöret.

– Ja, men var det besvarat? Vem var hon mest intresserad av? Er Lasse har ju ingen far i kyrkboken. Och ni fick ärva pengar från Olof. Var han far till Lasse? Och varför slog ni ihjäl honom?

Anna började nu oväntat gråta och ruskade på huvudet. Borlängeadvokaten vände sig till henne.

– Vill du ta en paus?

Anna nickade och snörvlade för att ta sig samman. Gustavsson vände sig förvånat till bandspelaren för att registrera ännu en paus. Vad hände nu, tänkte han.

ഗ

När de återupptog förhöret var Gustavsson mer vänlig.

– Vem var far till Lasse?

– Per är far till Lasse. Det där är en stor sorg i vår familj. Karin födde Lasse utom äktenskapet. Men Per har i allt varit hans far.

– Men inte hans biologiska far?

Kunde Gustavsson bryta igenom Annas försvar skulle andra svar komma på köpet.

– Jag vet inte, jag vet inte. Det kanske kan vara vem som helst av de där tre. Inget vi är stolta över.

Sorgen hos Anna verkade äkta.

– Erik menar att han är far och tror att Olof dödades för något han gjort mot Karin. Våldtäkt kanske. Var det så?

– Jaha, det säger han, sa Anna trött. Det kan inte jag göra något åt.

Gustavsson släppte inte taget så lätt.

– Då frågar jag igen. Har Karin eller någon annan berättat om att Olof tagit henne med våld?

– Då svarar jag igen: Nej! Karin har aldrig sagt att hon blivit våldtagen men att han Olof försökte. Vi har inte orkat tala om det.

Men det gick rykten om än det ena än det andra i Hagen under de där åren. Men det fick vi veta först efter olyckan.

– Var ett rykte att Olof våldtagit Karin?

– Ja.

Gustavsson kände sig lite nöjd, alltid något. Han fortsatte.

– Då vill jag fråga om pengarna Karin fick. Varför fick hon dessa? Hur mycket var det? Och när fick hon dem?

Anna såg ut att fundera och det dröjde en stund innan hon svarade.

– Vi har naturligtvis talat om de där pengarna och kommit fram till att Olof gav dem till Karin för att han hade varma känslor för henne och framför allt inte hade någon släkting kvar i Norge. Kanske var det också för att han kände skuld om han nu varit otrevlig mot Karin. Det var mycket pengar nästan en halv miljon, men jag vet inte exakt. De kom flera år efter Olofs död. Småpojkarna var födda då. Det skulle säljas skepp och fastigheter i Norge först. Ska vi hålla på länge?

Gustavsson tittade på henne.

– Vi sitter så länge vi behöver. Olof hade alltså varma känslor för Karin men hade ändå kanske våldtagit henne... Tror du att han testamenterade till henne för att han kände skuld?

– Jag har redan sagt att jag inte vet om någon våldtäkt men att det kan vara så. Jag orkar inte mer nu.

Anna var trött på riktigt. Hennes bisittare knackade upprepade gånger i bordet. Gustavsson tittade på honom med handen lyft i ett stopptecken innan han fortsatte.

– Du får stanna här så länge, i alla fall till efter förhöret med de övriga. Efter det talar jag med åklagaren igen. Vi för dig nu till en dagarrest i polishuset. Vi kommer att förhöra Karin efter lunch så det dröjer innan vi hörs igen men under sen eftermiddag blir det.

Anna nickade och reste sig upp från den obekväma stolen.

Poliskommissarie Gustavsson dröjde sig ensam kvar för att samla sina tankar efter förhöret. Han tänkte på förhöret med Erik och jämförde med vad Anna sagt. Ord stod mot ord. Kärringen ljög om mycket, det kände han på sig. Men hur skulle han kunna bryta ner henne? Och vad ljög hon om?

Vem hade dödat Olof? För inte var det en olycka.

Kapitel 33

1966
Förhöret med Karin

FÖRHÖRET MED AXEL hade inte gett något. Han hade hållit fast vid sin ampra hustrus historia och hade inte tillfört något nytt. Dessutom hade ju karln alibi. Han hade varit ute på åkern den aktuella tidpunkten omgiven av ett halvt dussin andra.

När Karin kom in tappade Gustavsson nästan andan. Han hade sett Karin i Hagen vid gripandet men inte reagerat på samma sätt som nu. Hon var verkligen en vacker kvinna! Hennes hår föll med några grå slingor nedför axlarna och hon bar en orange ärmlös klänning som framhävde den smärta figuren. Han kunde lätt se henne framför sig som ung, som en sommarblomma. Hon måste också ha hunnit byta kläder innan de for. Han avbröt sina romantiska funderingar och påbörjade förhöret.

– Kan du redogöra för vad du gjorde den aktuella dagen?

– Jag var hemma och bykade.

– Var någon annan där också?

– Nej jag var ensam.

– Är du medveten om att ingen kan styrka ditt vittnesmål?

Nu höjde hon huvudet och han kunde se hennes blick flamma till. Plötsligt var det lätt att se modern i henne.

– Det är jag fullständigt medveten om.

Gustavsson antecknade omständligt i sina papper. Ett undermåligt alibi är alltid ett undermåligt alibi. Dock hade hon väl inte på långt när de fysiska krafterna som krävdes för att utföra mordet. Olof Rude hade varit en vältränad man.

Så kastade han sig in i de bärande frågorna.

– Hade du något att göra med Erik på den tiden? Träffade du honom, så att säga?

Hon sänkte blicken och verkade en stund frånvarande.

– Vi var nära, sa hon lågt. Men allt förändrades när han greps som spion.

– Ja det var ju ingen lämplig person att vara nära.

Han hejdade sig. Varför sa han så? Hur objektivt var det i ett förhör. Jäklar att det spelades in, det gick ju inte bara att stryka i anteckningarna. Han ställde snabbt nästa fråga.

– Hur väl kände du Olof Rude?

Han såg att hon blev på sin vakt.

– Inte så väl. Vi träffades ibland, på komidsommarn och så.

– Höll han också till på Vålberget?

Hon blev tyst.

– Inte så ofta, sa hon till slut.

Gustavsson tog upp en packe papper ur en arkivmapp. Han bläddrade en stund och såg sedan upp på henne.

– Det står här att det finns rykten om ett övergrepp. Att sagda Olof Rude skulle ha förgripit sig på dig.

Hon svarade inte. Stirrade bara ner på bordsskivan.

– Jag får be dig att svara!

Hon rätade på ryggen.

– Det där är så många år sedan, sa hon bestämt. Det är ju över tjugo år sedan.

– Det har ändå ett intresse för utredningen. Finns det någon sanning i detta?

– Sanning! Ja det finns en sanning.

De sista orden kom sammanbitet.

– Varför anmälde du inte?

– Ja varför, sa hon bittert. Jag ville glömma och orkade inte bli ifrågasatt.

Han såg framför sig hur hon gick på bygatan på 40-talet. Tisslet bakom gardinerna, de förstulna blickarna.

– Du var inte med på det då?

Hon reste sig upp. Hennes upprörda andetag var det enda som hördes i rummet.

– Just därför anmälde jag inte, snäste hon. Just därför, för att slippa sådana frågor!

– Såja, sätt dig ner. Vi är snart klara.

Gustavsson lutade sin haka i handen och log förbindligt.

– Det har ju ändå gått så många år så du kan väl berätta om dina känslor. Det är som om du var likgiltig för dem alla. Var det så? Du var ändå nära dem alla tre, speciellt Erik som du beskriver det.

Karin orkade inte svara men tankarna gick inte att stoppa. På en bråkdel av en sekund upplevde hon de där sommarminnena igen. De minnen hon ägnat ett halvt liv åt att undertrycka. Hela hennes kropp slappnade av och en behaglig värme fortplantade sig i kroppen. Visst hade hon älskat honom och gjorde det väl fortfarande, spion eller inte. Kärleken var starkare. De fick bara en dag tillsammans ändå var det på något sätt den dagen som var hennes liv i koncentrat. Resten av sitt liv hade hon tänkt på honom.

Gustavsson väntade ut henne men var tvungen att fortsätta när hon inte verkade bry sig om att säga något.

– Du svarar inte.

Gustavsson började tröttna. Han bestämde sig för att öka tempot.

– Du är gift nu eller hur?

Hon kände lite saliv landa på sin arm när polisen stötte ut sin fråga.

– Jag är gift med Per.

– Är det ett lyckligt äktenskap?

– Jag kan inte se att det har betydelse för det här förhöret.

– Skulle han göra allt för dig?

Hon knyckte på nacken.

– Han är bra. Han skulle göra allt för mig.

Gustavsson värderade sitt övertag innan han slängde ur sig:

– Även mörda någon som förgripit sig på dig?

Kapitel 34

1966
Förhöret med Per

PER VAR EN storvuxen, ganska alldaglig man som såg allmänt trevlig ut. Det var tydligt att det fanns en styrka, det var en man som hade varit van att hugga i, det kunde inte kavajen och den virkade slipsen ändra på. Gustavsson kände sig ovanligt förväntansfull inför förhöret. Skulle det äntligen gå i mål med det här gamla fallet? Så skönt att åka härifrån med det i bagaget.

Förhöret började med att Per fick redogöra för sitt alibi den aktuella dagen. Han påstod att han varit ute i skogen för att kontrollera inhägnader.

– Är du medveten om att det inte är något starkt alibi?

– Ja det är klart. Men varför skulle jag behöva det? Det hade jag väl kunnat ordna i så fall.

Gustavsson tog upp en liten pennvässare och vässade den tuggade blyertspennan innan han mötte Pers rättframma blick.

– Kände du Olof?

– Kände och kände. Jag kände till honom.

– Kom ni överens?

Per såg ut genom fönstret. Det märktes att han övervägde sitt svar.

– Ska jag vara ärlig så tyckte jag han var en riktig skitstövel. Man ska ju inte tala illa om de döda men så var det.

– Vet du vad som hände mellan Karin och Olof? Den påstådda våldtäkten.

– Påstådda... Ja det vet jag.

Gustavsson lutade sig fram och formulerade långsamt sin fråga.

– Hur reagerade du när någon hade våldfört sig på din blivande fru?

Per hajade till.

– Ja, vad tror du, sa han hårt. Hur skulle du själv reagera?

– Här är det jag som ställer frågorna.

– Jag tog det hårt, som om någon skadat mig själv.

– Så hårt att du beslöt dig för att göra något åt det?

Per såg yrvaket på honom.

– Vad menar du?

– Så hårt att du beslöt dig för att ta Olof Rude av daga. För att sona sina synder.

– Ta av daga! Menar du om jag slog ihjäl Olof? Nej, det gjorde jag verkligen inte.

Gustavsson höjde myndigt rösten.

– Karin sa i förhöret igår att du skulle göra allt för henne. Skulle du det?

– Ja det är klart, sa Per förvirrat.

Gustavsson lutade sig fram och spände ögonen i honom.

– Du har inget som helst alibi. Det är allmänt känt att du var upp över öronen förälskad i Karin och så kommer ”skitstöveln” upp till Vålberget och våldför sig på henne. Hur reagerar då en riktig man? Är du en riktig man Per?

– Jag var mycket upprörd, sa Per nu med darrande röst. Jag hade kanske kunnat ge mig på honom, men han var fullständigt hänsynslös. Jag skulle inte ha haft en chans. Jag skäms för att säga det men jag hade aldrig en chans mot Olof Rude.

Hans röst bröts nästan i falsett och Gustavsson noterade svettdropparna i pannan.

– Du har inget alibi, du var ursinnig över attacken mot Karin och du har gladeligt använt hans testamenterade pengar. Visste du om dem tidigare? Visste du att Karin skulle få dem?

Per höll händerna för ögonen.

– Vad är det här! Är det ens lagligt att behandla mig så här. Jag har inget mer att säga.

Gustavsson såg upp från sina anteckningar.

– Det tror jag nog att du har, sa han lugnt.

Kapitel 35

1965
Lasse tvingas att konfronteras med svaren på sina frågor

TELEFONSIGNALEN RINGDE SKRÄLLANDE. Lasse tog några snabba steg från köket ut till telefonen i korridoren och lyfte hastigt på luren så att telefonen följde med och blev hängande i sin snurrade kabel. Den spiralformade sladden fick apparaten att snurra runt i luften.

– 127 844, det är Lasse.

Lasse hade till slut fått kontroll på utrustningen. Det var en av hans bröder som ringde.

– Mor och far är på polisförhör. Mormor och morfar också.

Lasse kände hur pulsen skenade. Backelitluren blev kladdig av hans framträngande handsvett och han kunde inte få fram något vettigt att säga.

– Är du kvar Lasse? Har du anmält dem?

– Det är klart jag inte har anmält dem!

Tanken snurrade. Hade han försagt sig i något sammanhang?

– Berätta vad du vet.

Lasse kände att han verkligen behövde samla sina tankar.

– Jag ringer upp sedan.

Han lutade sig mot väggen och stirrade på den svarta telefonen. Tankarna flöt upp utan styrsel. Var detta sant? Det var i alla fall skönt att han själv inte gjort en anmälan. Hade Erik gjort det? Hade deras möte i Norberg bidragit till det? Var det han själv som provocerat fram det?

Skulle polisen nu bevisa att någon av dem mördat?

Lasse kände en klump i halsen och ögonen började svida. Han snurrade runt och gick med snabba steg genom korridoren till sitt rum där han kastade sig ner på sängen efter att ha dragit igen dörren. Var hans mor eller far en mördare? Det var nästan omöjligt att ta in. Så vidrigt! Det förändrade ju allt. Han vände sig på rygg och stirrade på takets välbekanta sprickor och mönster. Han hade ju snuddat vid tanken tidigare men nu blev det verkligt.

Han tänkte på alla åren under uppväxten på MatsOls-gården, den där underliggande tystnaden om något som inte fick beröras. Hur naiv hade han inte varit som trott att det bara hade haft med frågan om hans far att göra. Det var ju värre, mycket värre!

Den där tystnaden som funnits i familjen hade inte gällt honom, den hade gällt det värsta brott man kan begå!

Han försökte se framför sig hur allt gått till men det var omöjligt. Så fort dödandet närmade sig skyggade tankarna och bilden gled undan. Att ta en annan människas liv... Det gick inte att föreställa sig att någon i hans familj gått så över gränsen. Och dessutom kunnat leva med det. Och varför? Var det för pengarna?

Han tvingade sig att lugna tankarna och snöt sig ljudligt. Han var i alla fall vuxen och skulle på något sätt klara sig. De hade ändå älskat honom djupt och det kunde ingen ta ifrån honom. Men allt verkade ha ett pris. Han satte sig hastigt upp och kände den slappa fjädringen ge efter för tyngden. Högtidligt mumlade han för sig själv:

– Den som är för beroende av någon annan blir alltid svag för den blir förr eller senare sviken.

I den stunden kände Lasse nästan påtagligt att han blev vuxen men också att han hade förlorat något, sin tillförsikt till andra människor.

– Jag klarar mig bäst om jag inte blir alltför beroende av någon.

Tanken fick fäste i honom.

Kapitel 36

1966
Att ha rätt är inte samma sak som att få rätt

GUSTAVSSON KÄNDE SIG inte bekväm när han skulle föredra resultatet av förhören inför åklagaren. Han stannade utanför hennes dörr. Skulle han trycka på ringklockan och kanske riskera att få brandgul eller röd lampa? Nej, han hade ju fått en mötestid. Känslan av att behöva stå för ett dåligt arbete fick honom att känna ilska och förnedring redan innan han föredragit fallet. Han stack in ett par fingrar under skjortkragen och slipsen och lyfte armarna i en flaxande rörelse för att få in lite luft i armhålorna. Nu kunde han inte stå där längre utan öppnade dörren, nickade avmätt och satte sig mitt emot åklagaren och tog sin portfölj i knäet.

Åklagaren bad honom att systematiskt gå igenom en person i taget. Han började med att avskriva Axel även om han var säker på att Axel visste mer än han avslöjat. Han fortsatte med de övriga.

– Egentligen kan alla fyra, Erik, Anna, Per och Karin ha mördat Olof Rude.

Han var trots allt lite nöjd med att han nu frångått åklagarens önskan om hur hans dragning skulle ske.

– De har alla motiv. Och Karin har erkänt att Rude förgripit sig på henne. Det är ju ett tillräckligt starkt motiv för dem alla. Vår bedömning är att Erik talar sanning om Rudes döda kropp då de sprängde den. Varför skulle han annars riskera att komma till oss?

Åklagaren lät den retoriska frågan hänga i luften samtidigt som hon nu ganska ointresserat tittade i sin kalender. Gustavsson fortsatte.

– Något säger mig att både Karin och Per är för veka. Vår mördare är Anna. Punkt.

Åklagaren tittade upp från sin kalender.

– Och hur bevisar du det? Manlig intuition?

Gustavsson kände hur ilskan vällde fram.

– Jag har varit polis i hela mitt liv. Jag är säker, vi behöver bara gräva vidare. Vi behöver häkta alla tre och fortsätta förhören. Jag lovar att vi kommer att hitta någon avvikelse förr eller senare.

Åklagaren tittade på honom nästan lite medkännande.

– Nej, det blir ingen häktning. Utan teknisk bevisning kommer du aldrig att få fram tillräckligt för en fällande dom. Jag tänker inte förstöra mitt CV för att du ska få fortsätta meningslösa förhör. Tack för dragningen. Släpp alla. Hälsa Stockholm.

Gustavsson rafsade högröd ihop sina papper, tog portföljen under armen och lämnade rummet utan ett ord. Dörren lämnade han på vid gavel.

☙

Gustavsson hade inget val. Han bad Olsson att släppa alla anhållna, arkivera förhören och allt annat material de samlat på sig. De skulle fara tillbaka till Stockholm. Själv hade han ett sista ärende lät han förstå.

Han tog bilen och åkte västerut. I Mockfjärd tog han vägen mot Vålberget förbi Tanså hytta. Det var inte svårt att lokalisera vare sig MatsOls fäbod utifrån förhören eller myren, dit den väl upptrampade stigen ledde förbi brunnen och ner genom beteshagarna.

Han ställde sig att titta ut över den. Dofterna av myr var starka. Var det pors eller skvattram som luktade? Olvon fanns det också något som hette.

Vad hade hänt här på myren? Tänk om myren kunde berätta. De hade inte fått fram sanningen, så var det. Han hade svikit Olof, denne Olof som hade blivit av med både liv och pengar. Hans intuition sa honom att han var nära sanningen men vem hade varit hjärnan bakom detta. Hade Per fått betala med att döda en människa för att gifta upp sig? Kanske var han inte så präktig trots allt. Hade Anna gjort det själv och lurat Erik att hjälpa till eller hade hon städat upp efter Karin och kanske Per? Eller var det något helt annat? Nej, han fick ge sig. Ge upp som så ofta.

Med bestämda steg klev han rakt ut i myren som om han ville stampa på den.

Kapitel 37

Sommaren 1944
Dråpet

Jag har dödat en människa och jag känner inget särskilt. Ingen ånger har trängt sig på och inget dåligt samvete. Allt jag känner är en tomhet eller kanske ett slags lugn.

Jag var ensam på Vålberget när han dök upp den där onsdagen. När han steg ur bilen som parkerats framför ladan som vanligt såg han sig omkring.

– Är du ensam här?

– Ja, är du här för kafferep? Har vi inte ett arbete att göra?

Jag hörde hans svar bakom mig.

– Jo, absolut. Jag vill bara hjälpa till.

Rest mot den stora lönnen stod virket till hässjorna, en järnskodd träspade och ett spett.

– Orkar du ta alla slanor så tar jag redskapen? Annars får vi gå två gånger. Vi ska ner på Vålbergsmyra. De andra kommer sedan.

– Jag provar.

Han tog sin livrem och drog ihop slanorna så att de inte skulle spreta åt alla håll när han bar. När han lyfte bunten knäade han av tyngden och fick ingen balans.

– Nej, det får bli två gånger.

Han gjorde om proceduren med livremmen och denna gång var bördan rimlig.

– Då går vi.

Jag traskade före honom bort mot brunnen och nerför stigen som ledde till myren.

– Är det inte bättre att hugga slanor nere vid myren?

Han slängde ner sin börda på backen.

– Där växer bara hjortron. Du får väl vila lite.

Jag gick bara vidare. Han lyfte upp slanorna igen och försökte komma ikapp. Jag väntade på honom vid myrkanten. Där fick han vila igen en kort stund.

– Nu får du gå först. Du har tyngst, så ser du var du vill sätta ner fötterna.

Jag tog kommandot. Det gick inte fort, ibland sjönk han ner med en fot men annars bar myren förvånansvärt bra. Det var inte mycket till gräs på myren. Det skulle knappt löna sig att slå här.

– Vart ska vi, pustade han.

– Mer år höger, håll mot den ensamma furan.

Jag såg hur det surrade av mygg och knott runt honom. Med händerna upptagna var det svårt för honom att jaga undan dem. Han kunde bara skaka huvudet fram och tillbaka och försöka skjuta ner halsen för att få lite skydd av kragen.

– Satan vad mycket knott!

Han skrek rakt ut så att jag skulle höra, han kunde ju inte vända sig om med sitt lass.

– De är för djävliga!

Han fortsatte att gå trots allt, svärande.

Jag släppte spettet som ljudlöst sjönk ner bland skvattram och myrgräs och rörde mig lite åt sidan, beräknade vinkeln innan jag höjde spaden och hämtade kraft långt bakifrån.

Med all styrka som kunde uppbådas svingade jag spaden mot bakhuvudet. Det lät inte mycket, bara ett ”tjock” när jag träffade, ”tjock”.

Kraften i slaget fortplantade sig tillbaka i skaftet så att spaden studsade tillbaka. Det stänkte blod i luften och slanorna skramlade när de slog i varandra.

Framför mig låg kroppen begravd under packen med slanor. Slog jag ihjäl honom nu? Den funderingen kom när jag vältrade undan slanorna. Han låg med ansiktet ner i myrvatten med sitt blodiga bakhuvud som en stor utslagen blomma. När jag vänt honom fick jag lägga ansiktet intill hans mun för att kunna känna andedräkten. Nog levde han.

– Det var bra!

Jag pratade lugnande för mig själv. Bakom tallen hade jag förberett flera repstumpar. Nu började den tunga biten. Jag lyfte honom bakifrån i armarna, så att det blodiga bakhuvudet trycktes mot mig. Det kunde inte hjälpas. Jag drog honom fram till tallen och gick tillbaka och hämtade spaden. Tänkte han vakna till skulle jag slå ihjäl honom på riktigt!

Jag ställde mig över honom, lutade mig fram och började ta av kläderna. Alla kläder utom den brynja han bar på överkroppen. När han låg där nästan naken, blek och avsvimmad såg han inte så skräckinjagande ut. Så ser man ut om man inte behöver arbeta, tänkte jag.

Det var snart gjort att slå dubbla halvslag runt hans handleder och slänga repen över varsin krokig gren. Tallen, så liten den var, hade under hundratals år lagt all sin kraft på att bli senig och stark då den inte kunde sträcka sig mot himlen som sina artfränder på skogsmarken bredvid myren. Grenarna höll. Jag hade inga större problem med att hissa upp honom så att armarna sträcktes ut och resten av kroppen med hela sin tyngd strävade mot backen. Ett efter ett justerade jag höjden på repen och knöt flera knopar på baksidan av trädet.

Jag var andfådd men tillät mig inte att vila. Nu skulle slanorna bort. Jag lossade livremmen och drog in dem i den täta skog som omslöt myren på södra sidan. När jag gick tillbaka började han kvida och röra på sig. Jag ställde mig någon meter ifrån honom och mötte hans blick.

Han försökte säga något men den intryckta strumpan fungerade som en utmärkt munkavle. Med en utstuderad långsamhet drog jag fram en brosch och fäste den i brynjan på bröstet. Tittade en sista gång på den och daskade honom hårt två gånger där broschen nu satt. Jag kände mig befriad på något sätt. Där kunde han få begrunda vad han gjort och vad som hände om han gav sig på folket på Matsolsgården. Han var en plåga men det skulle svena och myggen också vara.

Jag kände inget förbarmande, måtte han lida hela natten. Det var helt vindstilla och mulet när jag bärandes på spett och spade vandrade upp mot fäboden.

ꟹ

Tidigt nästa morgon var jag tillbaka på myren. Något var på tok. Jag anade oråd när jag hörde korpen och såg den kretsa över myren.

Kroppen hängde med huvudet lealöst rakt ner. Han var ingen vacker syn. Huden var röd och svullen över hela kroppen. Ögonen så igensvullna att man inte kunde se några ögonvitor alls. Delar av kroppen där skinnet inte var så hårt var värst drabbat, ljumskarna hade öppna sår. Han var så död man kunde bli. Jag förhöll mig kall och konstaterade bara faktum. Slutligen skar jag av repen och drog honom till ett ställe där han inte syntes lång väg. Det var tungt med den lealösa kroppen och svena besvärade mig hela tiden så jag höll på att bli tokig.

Epilog

Sommaren 1969

KRIMINALKOMMISSARIE SVEN GUSTAVSSON hade gått i pension. Han hade det lite knepigt att vänja sig. Det här att gå hemma med hustrun dag ut och dag in. I början hade det varit skönt. De dryga hundra hotellnätter han haft per år hade tärt, men nu kunde han nästan sakna dem.

Hustrun protesterade inte när han sa att han skulle åka bort några dagar på egen hand och fiska. Han slängde ner några spön i Forden och åkte upp mot Dalarna. Av alla olösta fall var det detta på Vålberget han hade svårast att släppa. Kanske för att han intuitivt egentligen vetat hela tiden hur det hade gått till. Nu hade preskriptionstiden gått ut så han tänkte helt enkelt åka upp och konfrontera en mördare.

Det var en fin sommardag. När han kom fram till Djurås stannade han på macken och köpte röka. Han hade ingen riktig plan, och var ju heller inte här i tjänsten. Nu jagade han ensam för sin egen sinnesfrids skull.

Byn Hagen var sig lik. Gräsmattorna välklippta och folk var ute på åkrarna för att rensa grönsaker. Mycket folk krävdes det, maskinerna klarade inte allt. Han körde helt sonika in på Matsolsgården och satt kvar och väntade i bilen. Plötsligt såg han Anna bakom en gardin.

Hon kom ut på bron så han klev ur bilen.

– God dag Anna.

Anna log avmätt och skakade på huvudet. Hon var sig lik men hade kanske gått upp lite i vikt. Eller också var det de beiga jerseybyxorna med sydda pressveck som gav det intrycket.

– Så han är på semester i Dalarna?

Gustavsson log tillbaka.

– Lite så är det. Tänkte åka upp till Foskros men ville stanna till.

– Saknar du oss?

Nu såg inte Anna lika vänlig ut. Gustavsson samlade ihop sig och tänkte på att han hade glömt hur svarta hennes ögon kunde vara.

– Som du vet har preskriptionstiden för både dråp och mord gått ut, började han stelt.

Han sträckte på ryggen. Allt han hade grubblat på och här stod hon bara helt nonchalant. Kraften i honom rann till.

– Vi vet båda vad som hände, sa han spänt.

Anna såg förvånat på honom. Han tog ett steg närmare i det knastrande gruset.

– Du dödade Olof Rude, fortsatte han. Du drog ner honom på myren och fick Stadsnäs att komma dit och spränga. Varför gjorde du det? Var det för våldtäkten?

Anna rättade till sin frisyr och tittade Gustavsson rakt i ögonen. Tusan om hon inte till och med såg lite road ut.

– Han har allt gått och ältat en olycka tills han tror det var mord.

Hon tystnade och fortsatte efter en kort stund.

– Nu nappar det nog snart i Foskros. Här har han ingenting att hämta.

Hon vände sig om och gick in igen. Gustavsson såg på hennes rygg och kunde inte låta bli att i alla fall få sista ordet.

– Vi vet båda hur det gick till!

Anna lyfte bara sin hand i luften och lät den falla ner i en avvärjande gest.

Gustavsson stod kvar. Var det värt en halv dags bilåkande? Vad hade han kunnat utläsa i hennes blick? Det gnagande tvivlet fanns trots allt fortfarande kvar. Han mumlade för sig själv.

– Hur långt kan det vara till Foskros? Ligger inte det i Österdalarna?

൭

Axel gick med lite trötta steg uppför trappan till sovrummet. De hade det bra på Matsolsgården. Företaget blomstrade och alla pojkarna hade egna roller och ansvarsområden. Per och Karin hade tagit över gården och han och Anna hade låtit bygga ett nytt undantag åt sig själva. Lite knepigt var det att se hur Per gått in i politiken. Han hade blivit högerman och nu skulle de byta namn till Moderaterna, som om det skulle göra någon skillnad.

Axel hade svårt att smälta hur Per förändrats och talade om sig själv som nyföretagare och behovet av sänkt skattetryck. Han var ju bonde och behövde inte skämmas för sig i skogen eller om det gällde annat arbete. Hade inte det räckt? Då hade han ju kunnat vara stolt över svärsonen! Men politik, politik var för skojare. Han hade hört Per tala med partitoppar i Stockholm om framtidens politik. Det man drömde om var att det allmänna skulle kunna ge bort pengar till företagare som var som dem själva mot att företagarna tog över och billigare drev ålderdomshem och skolor. Det skulle folk aldrig köpa. Skulle politikerna kunna ge bort skattemedel och godkänna besparingar i det allmänna utan att behöva ta eget ansvar? Ge bort skattemedel som skulle kunna driva verksamhet till ren vinst för företagarna. Axel skrattade för sig själv. Hur dumma trodde de väljarna var? Han vände sig på rygg i sängen och fortsatte istället sina familjefunderingar. Per var bra mot pojkarna i alla fall.

Lasse var nog den enda av dem som var lik honom själv tänkte han. Hade det blivit bra för Lasse att inte fortsätta i Uppsala? Nog verkade han lite annorlunda än de andra. Gick mer i egna tankar. Axels funderingar for kors och tvärs.

Ingen kallade i alla fall fäboden för sommarställe mer. Han skrattade tyst åt minnet då han slagit näven i bordet. Det tog ordentligt när han blev arg. Det var ju inte så ofta. Han strök av sig hängslena och satte sig på sängkanten.

För sin inre syn fick han se Karin som hon såg ut då under kriget. Hur hade det blivit för henne? Det hade väl blivit bra med Per men hon hade nog aldrig glömt han Erik. Det var nog inte bara stormande förälskelse hon känt den där sommaren utan livslång kärlek. Stor kärlek. Hon hade nog aldrig varit riktigt glad efter det att han togs som spion. Han hade som far alltid haft ett särskilt band till kullan. Han kunde känna hur hon mådde, bättre än Anna. Karin hade aldrig glömt Erik. Så var det.

∽

Anna satt redan framför spegelbyrån som hon gjorde varje kväll innan läggdags. Hon kammade ut sitt långa gråa hår. På hennes nattsärk var det broderat små blommor. Axel tittade med värme på henne när han sakta drog av sig sina strumpor. Hur blid ser hon inte ut, tänkte han med ett leende. Ett leende som strax blev allvarligt.

– Så kommissarien var här Anna. Jag såg honom. Han vågade visa sig här när preskriptionstiden gått ut.

Anna blev överraskad. De talade aldrig om det som hände då. Förhören för några år sedan hade satt punkt för det. Hon svarade inte men tittade på Axel i spegeln. Han satt där lite kutig och oredig i håret.

– Det du gjorde då Anna, det har jag nog förstått, även om jag försökt att inte låta det komma emellan oss. Jag vet ju varför du gjorde det. Men har du aldrig haft dåligt samvete? Har det inte gnagt i dig inifrån?

Anna satt tyst en stund. Hon mötte sin blick i spegeln innan hon svarade.

– Nej, aldrig.

Hon såg nu stadigt på Axel i spegeln. Han lade sig ner och drog täcket över sig. Hon tyckte att han mumlade.

– Ni Flokärringar!

Anna kröp ner på sin sida. Sömnen ville inte komma. Det var för många undermedvetna tankar som ville fånga henne. Axel trodde att hon var en mördare. Det hade han trott i tjugofem år. Hade det varit värt det? Deras äktenskap hade trots allt överlevt alla misstankar. Hon hade låtit honom fortsätta tro.

Ett heligt löfte hade de gett varandra, hon och Märit den gången. Märit, hennes vän sedan barndomen. De hade bägge sina sidor men inom sig hade hon alltid tänkt att de var som systrar, oskiljaktiga. De hade delat allt i ungdomen när de växt upp tillsammans i Hagen och på Vålberget. Så kärleksfulla stunder tillsammans på fäboden långt från alla nyfikna blickar... Så nära varandra att hennes smärta också hade varit Märits.

Den allmänna tanken om Märit var att hon var en riktig skvallerkärring, så det hade de kunnat utnyttja. Ingen skulle misstänka Märit efter allt skit hon spred om Karin och norrmännen. Och varför skulle någon misstänka Märit, hon hade ju inte heller något motiv. Så mycket större risk att misstankarna skulle riktas mot henne själv, våldtäktsoffrets mor. Hamnade de trots allt inför domstol hade hon för egen del riktiga alibin för onsdagen att plocka fram, och i allra värsta fall kunde de skylla på varandra och hoppas att bevisen inte skulle räcka. Utom allt rimligt tvivel hette det ju.

Märit hade tagit emot Olof den där dagen och bundit fast honom på myren. Svena hade gjort resten. De trodde inte att han skulle dö, de ville bara straffa honom ordentligt. Planen var att de skulle skära ner honom och att han skulle hålla käft eftersom han våldtagit Karin och hade allt att förlora. När han faktiskt dog fick de improvisera. De var självständiga kvinnor, var väl aldrig riktigt handfallna någon gång. Den där Gustavsson från Stockholm hade nog aldrig haft någon chans egentligen.

Erik var ett lätt byte, så godtrogen och så kär i Karin, stackarn. Han fick väl inget roligt liv sedan, men det berodde säkert mest på spioneriet. Behövde hon ha dåligt samvete? Hade hon varit katolik hade hon sprungit till prästen. Nu fick hon resonera med vår herre på egen hand. Han förstod nog en moders kärlek till sitt enda barn. Karin hade kommit över det onda och hon och Per hade en lycklig familj. Inte hade hon blivit lyckligare av att få veta vad som egentligen hänt där på myren. Hon hade aldrig tagit ut det på Lasse i alla fall. Så ömsint mot grabben, nästan genant. Och Lasse, han var allvarlig men det var så han var, inte hade det något med den saken att göra. Den budkavle som var livet på Matsolsgården skulle gå i arv många generationer till. Var det inte hon som sett till det?

I sömnen gick hon utför lindan på Vålberget i midsommartid. Svalorna for i hiskeliga dykningar över himlen och blomsterprakten var färgsprakande. På sin rygg bar hon lilla Karin i en näverkont. Hon såg i ögonvrån den lilla armen som gestikulerade i takt med barnjollret.